Du tac au tac !

PIQUES IRONIQUES, RÉPLIQUES CINGLANTES

Jean-Pierre Colignon

Du tac au tac !

Piques ironiques, répliques cinglantes

Albin Michel

Introduction

« Qu'avez-vous pensé de cette version du *Soulier de satin*, de Paul Claudel ? – Qu'il est bien heureux que nous n'ayons pas eu la paire ! » ; « Regarde cette fille : elle respire la vertu ! – Oui, oui, mais je la connais : elle s'essouffle vite ! »... Envoyées du tac au tac, ces répliques étincelantes font honneur à l'esprit, à l'humour, à la vivacité de leurs auteurs.

Ainsi, à tout moment de la vie et en tous lieux, surgissent des bonheurs de reparties... sous des formes d'ailleurs bien différentes. Ces pépites d'expression relèvent souvent du calembour facile mais ingénieux, du jeu de mots basique mais inattendu, de l'à-peu-près tiré par les cheveux, et qui justement font se plier en quatre l'interlocuteur ou l'auditoire par la vitesse du trait et l'énormité du comique. Ou qui clouent sur place la ou le destinataire !...

Une autre catégorie de répliques est, plus finement, fondée sur l'homonymie, la paronymie ou la polysémie, l'allusion littéraire ou historique... On y trouvera peut-être des propos plus cinglants, à l'ironie perfide, suscitant non l'éclat de rire tonitruant, mais le sourire appréciateur des gourmets de mots.

Le souci de clouer le bec à un interlocuteur, de briller au détriment d'un tiers dont on parle, fait jaillir de très savoureuses reparties aux multiples atours. Le lecteur trouvera ici une sélection de ces « tac au tac » divertissants, réjouissants, désopilants, qui font l'histoire de tous les jours, les histoires, et parfois l'Histoire avec un grand « H ». Et que chacun aura peut-être l'occasion de reprendre à son compte et à son profit !

Jean-Pierre Colignon

XVIe et XVIIe siècles

Point de « n » entre nous !

Le bon roi Henri IV voulait que chaque dimanche chacun puisse mettre la poule au pot, c'est-à-dire manger de la viande au moins une fois par semaine. Il pourrait, aujourd'hui, émettre le même vœu pour tous les Français... Bon vivant, « nature », il disputait de temps à autre des parties de paume.
Un jour que son adversaire était le marquis de Rony, le roi salua un joli coup réussi par son partenaire de jeu :

– Voilà un coup de roi !

– Oui, sire, si l'on ôtait le « n » de mon nom...

– Ventre-saint-gris ! Je serais bien fâché qu'on en fît de même du mien, car, comme on m'appelle « roi de France et de Navarre », l'on me nommerait alors « roi de France et avare ».

« Bah ! ça compte pour des prunes ! »

Henri IV eut de nombreuses maîtresses. Parmi elles, la belle Gabrielle d'Estrées, qui, une fois devenue maîtresse officielle, se permit quelques écarts, à son tour. Un jour, le Vert-Galant arriva à l'improviste dans la chambre de Gabrielle et se mit à manger des prunes. Et puis, de temps en temps, en jeta négligemment sous le lit ! Sa maîtresse s'étonna (ou fit semblant) :

– Mais… que faites-vous là ?!

– Il faut bien que tout le monde vive !

… Le bon roi Henri, non dénué d'humour, de générosité et d'esprit, avait reconnu, sous le lit, les chaussures et les pieds de M. de Bellegarde, grand écuyer de France.

Le duc avait perdu la tête...

Grand et brave seigneur, filleul d'Henri IV, Henri II, duc de Montmorency (1595-1632), avait toutes les qualités et tous les appuis pour être un des « super-grands » du royaume de France : amiral de France et de Bretagne, vice-roi de la Nouvelle-France, gouverneur du Languedoc...

Et puis, un jour, le duc en a « ras-le-bol » de la suspicion de Richelieu à son égard...

Le cardinal, en effet, veut soumettre à la Couronne aussi bien les petits que les grands, et notamment les très grands, dont il se méfie systématiquement. Lassé par l'« espionnite » et l'hostilité de l'Homme rouge, Montmorency s'allie au comploteur numéro un : le propre frère du roi – Monsieur, c'est-à-dire Gaston d'Orléans. Une « planche pourrie », un lâche, ce Gaston, qui abandonne à leur sort ses alliés, ses partisans, quand ils sont faits prisonniers. Montmorency, capturé, sera condamné à mort et décapité, car Louis XIII se montrera implacable, en dépit de toutes les démarches implorant le pardon royal :

« Je ne serais pas roi si j'avais les sentiments des particuliers. »

Le maréchal et le tire-au-flanc

Jean du Caylar de Saint-Bonnet, marquis de Toiras, s'est rendu célèbre en mettant en échec, en 1627, la flotte anglaise de Buckingham qui voulait secourir les protestants de La Rochelle. Toiras y gagnera le bâton de maréchal.

Un jour, un des officiers de Toiras sollicita la permission de disposer sur-le-champ d'un congé pour raison familiale. Or c'était à la veille d'une bataille ! Le maréchal crut-il à la raison invoquée ou se montra-t-il très indulgent ?...

On penchera pour la seconde version, parce que Toiras, en donnant son accord, ajouta :

« Allez, allez, monsieur, je vois que vous connaissez le commandement : "Père et mère honoreras afin de vivre longuement" ! »

Le passage et l'amer « Rouge »

François de Bassompierre (1579-1646), maréchal de France, fut un proche d'Henri IV et garda pendant un certain temps la faveur de Louis XIII. Mais, patatras, il eut le tort d'épouser en secret Louise Marguerite de Lorraine, fille d'Henri Ier de Guise.

Déjà, par ses épigrammes, il s'était fait des ennemis puissants. Richelieu et Louis XIII voient dans cette alliance un complot, et Bassompierre, ayant perdu tout crédit, est envoyé à la Bastille. Il y passera douze longues années d'emprisonnement, à écrire et à lire.

Un jour, le gouverneur, Manneville, le trouva en train de lire la Bible.

– Que cherchez-vous donc dans ce livre ?

– Un passage que je ne saurais trouver…

– Ah ! Et lequel ?…

– Le passage qui me ferait sortir de ce lieu !

Avec le [Roi-]Soleil, ça devient « à rides »

Non pas « poète et paysan » mais « peintre et courtisan », Pierre Mignard (1612-1695), portraitiste attitré de la Cour, peignait une fois encore le Roi-Soleil quand celui-ci l'interrogea :

– Me trouvez-vous vieilli ?

Les puissants se montrant souvent susceptibles – mais pouvant aussi manifester quelque humeur maussade à l'égard d'un excès de flatterie dont ils ne seraient pas dupes –, Mignard repartit :

– Sire, il est vrai que je vois quelques campagnes de plus sur le front de Votre Majesté.

Une curieuse trinité

Bel esprit, poète, érudit, Gilles Ménage (1613-1692) embrassa l'état ecclésiastique, ce qui, à l'époque, ne forçait pas à respecter tous les vœux... ni à porter souvent la soutane.

Trois femmes embrasèrent son cœur et eurent droit à ses hommages en vers : Mme de Crécy de Longueval, Mme de La Fayette et Mme de Sévigné. Il semble qu'il ne fut pour elles qu'un soupirant transi...

– Je suis votre confesseur, et j'ai été votre martyr...,

soupira-t-il un jour devant la fameuse épistolière.

– ... et moi votre Vierge !

repartit la marquise, qui aimait plaisanter, mais n'allait pas plus loin.

Un homme de… robes

Selon Tallemant des Réaux (1619-1692), Mme de Crécy de Longueval, fille du fameux avocat La Martellière, avait la cuisse légère. Elle inspira au poète et érudit Gilles Ménage une forte passion. Celle-ci fut-elle récompensée, on ne le sait pas trop…

Un jour, la coquette s'amusa aux dépens de Ménage, qui, de temps en temps, portait soutane :

– Vous faites un beau prêtre crotté !

– On vous lève trop souvent la jupe pour qu'elle soit comme ma robe !

répondit, sans doute chagrin et amer, le pauvre soupirant.

Les paris sont ouverts

– Il court après l'esprit,

disait-on à Ninon de Lenclos, la fameuse courtisane et femme de lettres, en parlant d'un quidam.

– Je parie pour l'esprit !

répondit celle-ci qui n'en manquait point.

Un crime de lèche-majesté

Commune, aujourd'hui, du département des Yvelines, Marly-le-Roi doit son nom à la résidence royale qui y fut construite, de 1677 à 1688, pour Louis XIV, par le grand architecte Jules Hardouin-Mansart.
Il était très flatteur d'être convié à Marly – et, d'ailleurs, le terme fut couramment utilisé pour désigner les happy few, comme diraient les communicants de maintenant : « faire partie des marlys [ou Marlys] ».
Courtisan accompli, l'abbé de Polignac suivait un jour le roi dans les jardins de Marly quand se déclencha une belle averse qui gâta rapidement, semble-t-il, l'habit du religieux.
Le souverain s'en soucia avec courtoisie, mais le flatteur déclara suavement :

« Ce n'est rien, sire, la pluie de Marly ne mouille point ! »

Tout flatteur vit aux dépens...

La suffisance, la vanité, l'autosatisfaction des puissants de ce monde – voire la terreur qu'ils inspirent à leur entourage du fait d'un esprit vindicatif – contribuent à développer autour d'eux un cercle de courtisans, dont l'unique obsession est de plaire et de flatter.
Ce fut notamment le cas, en France, sous Louis XIV...
Un jour, le duc de Bouillon, grand chambellan de France, se vit interpeller par le monarque :

– On vous accuse de manquer tous les jours à vos prières !

– Sire, on vous trompe, répliqua le courtisan. Je ne passe jamais un jour sans répéter plusieurs fois « Domine, salvum fac Regem ! »

(C'est-à-dire : « Seigneur, garde le roi en bonne santé ! »)

« Elle me sort par les yeux, celle-là ! »

Alexis Piron (1689-1773), poète, auteur dramatique, ne manquait pas de talent, mais il se ferma les salons et l'Académie française (où il avait pourtant, dans un premier temps, été élu) pour avoir écrit des vers un peu scabreux. Écrivain très prolixe, il vécut cependant dans la gêne. Grand spécialiste des épigrammes – pièces en vers mordantes, très sarcastiques –, il s'était fait des ennemis, dont Voltaire qui n'était pas, on le sait, quelqu'un d'aimable. Un jour, à l'Opéra, il se trouva à côté d'une femme connue pour sa vie privée peu respectable, et qu'il regarda avec insistance, peut-être sans aménité. Irritée, elle l'interpella sèchement :

– Enfin ! M'avez-vous, de vos yeux, assez considérée ?

– Je vous regarde, madame... mais je ne vous considère pas.

Vive le son de Janson !

L'évêque de Beauvais, Mgr Janson (1679-1713), dut se trouver follement spirituel quand il dit un jour à Nicolas Boileau, qui était son invité (à déjeuner ou à dîner) :

– Quel dommage que vous vous appeliez Boileau ! Un bien vilain nom... J'aimerais mieux m'appeler Boivin que Boileau !
– Moi, monseigneur, j'aimerais mieux m'appeler Janfarine que Janson...,

rétorqua l'illustre écrivain.
Il est de fait que le son évoque surtout... l'âne.

Trop au lit pour être inerte…

On demandait un jour à Fontenelle (1657-1757), homme qui passait pour n'avoir que des amis et amies, et qui était d'un excellent commerce en société, s'il n'avait jamais eu envie de se marier… L'écrivain répondit :

« Si, quelquefois… le matin… »

Qu'avez-vous à déclarer…

Vauban ?

« La plupart des gens répètent comme des perroquets ce qu'ils ont entendu dire à de demi-savants qui, n'ayant que des connaissances imparfaites, raisonnent le plus souvent de travers ! »

« La véritable gloire ne vole pas comme le papillon, elle ne s'acquiert que par des actions réelles et solides. Elle veut toujours remplir ses devoirs à la lettre. Son premier et véritable principe est la vérité. »

XVIIIe siècle

Bon diagnostic !

Le célèbre médecin Pierre Chirac (v. 1650-1732) fut, rappelons-le, le premier médecin du Régent puis celui de Louis XV. À l'article de la mort, il se prit son propre pouls, dit-on, croyant avoir affaire à un de ses malades.

– L'a-t-on soigné ?

demanda-t-il.

– Non.

– Eh bien, c'est un homme mort !

conclut Chirac. Et il mourut.

Ils n'étaient pas à tutu et à toi !

Gaëtan Vestris (1729-1808), danseur italien exceptionnel surnommé « le Dieu de la danse », fit la plus grande partie de sa carrière en France, à l'Opéra de Paris. Ayant traité un jour de « catin » une certaine Mlle Heynel, il fut contraint, par les admirateurs de cette comédienne, à lui présenter des excuses en plein théâtre. À la veille de cette réparation publique, l'insultée se plaignait de ce propos calomnieux... ou « seulement » diffamatoire. Sophie Arnould (1740-1802) – plaisanterie ou rosserie – lui dit alors :

« Que veux-tu, ma chère... Il faut se consoler de tout. Les gens, aujourd'hui, sont si grossiers qu'ils appellent les choses par leur nom... »

Le sabre, mais pas le roupillon !

Magdeleine Miré était plus réputée pour ses talents, ou besoins, intimes que pour ses dons de danseuse, bien que ceux-ci ne fussent pas infimes, tout de même !
Très portée sur la chose, elle était insatiable. Aussi, plus d'un s'y épuisa et, même, un de ses amants – comme cela arrivera, beaucoup plus tard, au président de la République Félix Faure – mourut en pleine action. On rapporta le fait à Sophie Arnould. Celle-ci répliqua :

« Ordinairement, la lame use le fourreau ; mais, ici, c'est le fourreau qui a usé la lame ! »

La religion de la livre...

Militaire-né, le maréchal de Saxe (1696-1750), entama très jeune sa vie de condottiere, au service de différents pays ; à partir de 1720, il sera exclusivement au service de la France.

Un de ses grenadiers fut pris un jour en train de voler un autre militaire. Le larcin se montait à six livres... Alors qu'on menait le coupable à la salle des châtiments corporels (assez rudes, et qui pouvaient aller jusqu'à entraîner la mort), le maréchal l'apostropha ainsi :

– Il faut que tu sois bien misérable de risquer à perdre la vie pour six livres... !

– Parbleu, mon général, je la risque bien tous les jours pour cinq sols...

Le culot de la réplique valut au grenadier d'être gracié.

Vers des attouchements sans douleur…

Quelque peu fatigué par les excès, Louis XV, dans ses dernières années, confiait de plus en plus souvent ses soucis à son premier chirurgien, La Martinière. Un jour, le roi finit par lui dire : « Je vois que je ne suis plus jeune, qu'il faut que j'enraye » (c'est-à-dire : « que je fasse des pauses, que je suspende quelque temps mes activités sexuelles »).

« Sire, vous feriez mieux de dételer ! »

se permit de dire La Martinière sans prendre de gants avec le monarque décati.
Nous étions en 1773 : Louis XV décéda de la petite vérole en 1774, après un règne de… cinquante ans.

« Ah non ! »

Convive chez la princesse de Vaudémont, Rivarol (1753-1801) déclara un jour, parlant d'un de ses souffre-douleur habituels, l'abbé Sabatier, lui aussi invité, et qui hésitait devant un saucisson d'ânon :

« L'abbé n'en mangera pas, il n'est pas anthropophage ! »

« *Courage, fuyons !…* »

Maréchal de France, le duc Louis de Noailles (1713-1793) était un courtisan apprécié de Louis XV.
L'état du souverain, à son décès, était tel qu'aucun médecin ne voulut autopsier ni embaumer le corps. Celui-ci fut dare-dare enfermé dans un cercueil bien clos. Saisis de panique, tous ceux qui avaient côtoyé le monarque craignirent à leur tour d'être emportés par la maladie. Mme du Barry, fort soucieuse, était bien placée quant à une éventuelle contamination, et s'enquit anxieusement auprès de Noailles :

— Est-ce que vraiment le roi a eu la petite vérole ?
— Sachez, madame, qu'il n'y a rien de petit chez les grands !

répondit le maréchal, par une formule bien ambiguë.

Un simulateur...

Chamfort (1741-1794), pressé par son entourage d'accepter les derniers sacrements alors qu'il était à la dernière extrémité – sacrements qu'il se refusait à recevoir –, souffla :

« Je vais faire semblant de ne pas mourir... »

Une glace sans tain et un propos sans fard

Supérieurement intelligent, cultivé et… sans scrupule, Talleyrand (1754-1838) est un des personnages les plus complexes de l'Histoire, et donc l'un des plus controversés. Il fallait toujours se méfier quand on lui parlait… Même quand il exerça – oh ! de façon bien provisoire ! – ses fonctions ecclésiastiques.
Une pénitente qui avait pris le risque de lui confesser :

– Mon père, je m'accuse de m'être regardée avec plaisir dans le miroir,

se vit rétorquer :

– Ce n'est pas un péché, c'est une erreur !

À quoi ça rime ?!

Le duc de Praslin (1712-1785) demandait un jour à Sophie Arnould des nouvelles d'une fille de l'Opéra dont il cherchait à se rappeler le nom :

– C'est une jeune personne dont le nom finit en… « ain ».

Sophie Arnould, vive et pince-sans-rire, s'exclama sur-le-champ :

– Ah ! Monsieur le duc ! Vous ne le trouverez pas. Tous nos noms finissent comme cela !

Du haut du pont, il se mira, beau…

Jean Siffrein Maury (1746-1817), fils de cordonnier, homme d'Église et homme d'État, fut député aux états généraux, et devint cardinal… et académicien. Adversaire déterminé de la Révolution, orateur hors pair, il tint tête notamment à Mirabeau. Il eut la prudence de s'exiler après la Constituante… Rallié au Consulat, il revint en France, mais fut proscrit par les Bourbons en 1816 et dut se réfugier en Italie.
À Mirabeau qui s'appuyait sur une trogne large marquée par la petite vérole en tonnant de sa voix de stentor :

– Qui oserait m'interrompre quand je secoue ma terrible hure !?

Maury répliqua :

– C'est un terrible avantage d'être laid. Il ne faudrait cependant pas en abuser !

« Devoirs » quasi conjugaux…

Surprenant un jour sa maîtresse, quelque peu âgée, en flagrant délit avec un frais jeune homme, Voltaire s'exclama :

« Oh !… Oh ! Jeune homme !… Vous !… Et vous n'y étiez pas obligé ! »

Renvoyez le censeur !

Un sévère censeur, tel le Misanthrope de Molière, blâmait continuellement la conduite – c'est-à-dire l'inconduite – de certaines femmes, légères et galantes, qui semblent ne pas mettre de limites à leurs débordements. Notre homme critiquait surtout le luxe scandaleux des courtisanes et des actrices (certaines, bien sûr, cumulant les deux activités). Il aurait de quoi dire et écrire sur la société « bling bling » d'aujourd'hui !

Agacée par la bile noire déversée par l'Alceste bis, Sophie Arnould lui répliqua sèchement :

« Eh ! Monsieur ! Laissez-les jouir de la perte de leur réputation ! »

Joseph… ou Mathusalem ?

On connaît mal la vie de cet aventurier italien, Joseph Balsamo (1743-1795), qui se faisait appeler « comte de Cagliostro », et dont Alexandre Dumas a fait un des héros de ses romans historiques. Si certains continuent de voir en lui un être exceptionnel doté de dons de voyance, la plupart des chercheurs estiment qu'il fut un habile chevalier d'industrie.

Balsamo affirmait être âgé de plusieurs siècles et parvenait à convaincre des personnes de la véracité de son propos. Et, quand des sceptiques titillaient son valet sur cette prétendue longévité, le non moins hâbleur serviteur, disait sans rire :

« Vous savez, je ne peux pas vous répondre : moi-même, il n'y a que cent ans que je suis à son service… »

Un homme averti en vaut-il deux ?

Sophie Arnould avait fait installer dans sa chambre à coucher un magnifique lit. Le ciel – le baldaquin – de celui-ci avait la forme d'une coupe renversée. Une vieille relation, un ami amateur de belles choses en général, sans doute, admirait un jour le superbe meuble et ne put s'empêcher de s'écrier :

– Voici un bien beau dôme !

– Oui, mais ce n'est pas celui des… invalides !

répliqua Sophie.

Le duc oublia-t-il le son (… du canon) pour la farine ?

Procureur général au parlement de Bretagne, Louis René de Caradeuc de La Chalotais (1701-1785) fut le chef de l'opposition parlementaire face au gouverneur de Bretagne, le duc d'Aiguillon. Après l'affaire de Saint-Cast, qui vit les troupes françaises repousser une importante tentative de débarquement anglais, on se répandait en compliments sur le duc qui, disait-on, s'était « couvert de gloire ». Mais l'on racontait aussi, par ailleurs, qu'en plein combat le duc avait été accaparé par une autre affaire : à savoir batifoler avec une accorte meunière. Alors, La Chalotais laissa tomber :

« Le duc s'est surtout couvert de farine ! »

Pas besoin d'avoir « pognon sur rue » !

L'écrivain Nicolas Chamfort ne roulait pas sur l'or. Aussi un homme fort riche lui proposa-t-il de l'aider… Mais Chamfort déclina la proposition par une heureuse et élégante formule :

« Je vous remercie, mais je n'ai pas besoin de ce qui me manque… »

[illegible]quide et liquidités…

[illegible]*nal de la Régence*, en 1716, M. Rouillé du Coudray, étant arrivé un jour en retard au Conseil des finances, le duc de Noailles le plaisanta en faisant référence au penchant de Rouillé pour les bonnes bouteilles :

– Le vin de Champagne vous a peut-être trop arrêté ?

Mais l'interpellé ne manquait pas d'esprit et sa réponse fusa tel le délicieux liquide lorsque l'on sabre vigoureusement une bouteille :

– Il est vrai que j'aime un peu le vin de Champagne, mais ce n'a jamais été jusqu'au pot-de-vin…

À bon entendeur, salut : si Rouillé se « piquait le nez », Noailles, lui, « piqua du nez », dit-on…

Entre la peste et le choléra…

Un poète débutant soumit deux de ses sonnets à Piron (1689-1773), en lui demandant lequel il préférait. L'épigrammiste redouté lut le premier, hocha la tête, et déclara tout de suite :

« J'aime mieux l'autre ! »

Au nom de la prose

Michel Jean Sedaine (1719-1797) fut l'un des plus brillants auteurs dramatiques du XVIIIe siècle, membre de l'Académie française. Pourtant, il lui arriva de connaître des « fours ». Au lendemain de la représentation d'une de ses pièces qui n'avait pas obtenu de succès, il se trouvait chez la spirituelle Sophie Arnould.

Plutôt que de dire sérieusement, comme aujourd'hui certains narcisses du théâtre et du cinéma, que le public n'a pas de talent et que les critiques sont des nuls, Sedaine se reprochait de n'avoir pas assez peaufiné son texte :

– La poire n'était pas mûre…

– Cela ne l'a pas empêchée de tomber !

enchaîna du tac au tac l'incorrigible faiseuse de bons mots.

On sait à quels seins se vouer

Resté célèbre pour ses calembours ses jeux de mots, le marquis de Bièvre (1747-1789) ne voulut pas être en reste lorsqu'un convive, dans un dîner, porta un toast à la gloire des gentes dames :

– Je bois au beau sexe des deux hémisphères !

Le marquis enchaîna alors :

– Et, moi, je bois aux deux hémisphères du beau sexe !

« Tu m'amuses, cadet, avec ton gros plan ! »

Un jeune mousquetaire, dont l'histoire ne dit pas s'il était cadet de Gascogne comme bon nombre de ses collègues, croyait au Père Noël, sans doute : il faisait une cour pressante à une jolie danseuse, sans débourser le moindre sou. Or le cœur (et le reste) de la belle ne s'ouvrait qu'avec une clé ou un trousseau en or.
Le benêt militaire se lamentait, du coup, de n'obtenir de la danseuse que de vaines promesses…
Ironiquement, Sophie Arnould glissa :

« Il faut être bien novice pour ignorer que l'amant qui ne dépense qu'en soupirs n'est payé qu'en espérances… »

Pas d'« ego » pour les égaux

Le père de Mirabeau fut lui aussi un personnage hors du commun : militaire, Victor Riqueti se pencha sur les sciences de l'économie et se consacra à réfléchir sur de nouveaux systèmes de société. Il publia ainsi, en 1756, un traité qui fit sa renommée : *L'Ami des hommes ou Traité de la population.* Se référant à cet ouvrage, quelqu'un l'interrogea :

– Où avez-vous pris que les hommes sont frères ?!

– Dans deux jours de leur vie : le premier et le dernier,

expliqua l'auteur.

Une « académie » française…

Marie Allard – danseuse très appréciée (1742-1802) – fut la maîtresse de nombreux nobles (le duc de Chartres, le prince de Guéménée, le duc de Mazarin…) et de plus d'un roturier (riche)… Et aussi de Gaëtan Vestris, dont elle eut un fils : Auguste Vestris. Elle se fit peindre, sans le moindre vêtement, telle Vénus devant Pâris, par Lenoir, peintre réputé du moment – mais cependant ce nu ne resta pas… sans effets ! Quelqu'un critiqua le tableau devant Sophie Arnould, disant que la tête n'était pas ressemblante.

« Qu'est-ce que cela fait ! Allard serait sans tête que tout Paris la reconnaîtrait ! »

commenta alors Sophie.

Voleur à la sauce financière

Calonne fut contrôleur général des finances de 1783 à 1787. Ce noble tenta de réformer la gestion des fonds publics, mais l'opposition des notables entraîna sa disgrâce. L'homme d'État se piquait aussi de poésie, mais il paraît qu'il payait des « nègres »…
Un jour, ou plutôt une nuit, il fut saisi de panique, et s'écria :

– Au voleur ! Fermez les portes, il y a un voleur ici !

La domesticité, alertée, fouilla la maison avec soin. L'un desvalets vint au rapport et, sans doute plus involontairement que par l'expression risquée d'une ironie mordante, annonça au maître de maison :

– Monsieur peut être rassuré, il n'y a que lui dans la chambre !

Il n'y a que demi-mâle

Hâbleur et imbécile, cela va de pair, un banquier se vantait devant Sophie Arnould de ses nombreuses conquêtes féminines. Notamment d'avoir obtenu (à prix d'or) les faveurs d'une comédienne des Italiens que l'on appellera Mlle X. Peu galant, car il semble bien qu'il ait voulu, ainsi, parler de l'anatomie intime de sa maîtresse, le goujat mentionna que la belle l'avait « grandement logé ».

Même si sa camarade avait plus qu'à son tour fait rôtir le balai, Sophie Arnould cravacha oralement le grossier personnage en lui assénant :

« Cela doit être, car elle m'a dit qu'elle ne pensait pas que vous eussiez un… si petit train. »

L'effroi ou le froid ?

Républicain modéré, le maire de Paris Jean-Sylvain Bailly (1736-1793), ne tarda pas à s'attirer les foudres des révolutionnaires les plus radicaux et aggrava très nettement son cas en refusant de témoigner à charge contre Marie-Antoinette. Il signa là son propre arrêt de mort.

Condamné à la guillotine, sur le Champ-de-Mars, à la fin de 1793, il frissonna malgré lui, en raison du froid et de la pluie. Un des bourreaux lui dit alors avec ironie :

– Tu trembles, Bailly ?

Celui-ci, qui avait plus d'une fois, en ces dernières années,démontré son courage, répondit avec calme :

– Oui, mon ami, mais c'est seulement de froid.

C'était le bon temps !

Jourgniac de Saint-Médard, capitaine commandant des chasseurs du régiment d'infanterie de Louis XVI, était un homme courageux mais qui, en fait, avait accédé à ce grade plus par sa bonhomie, son entregent, sa bonne humeur, ses bons mots, que par des exploits guerriers.
Craignant d'être trop impliqué en politique, il quitta les armes pour se muer en publiciste bon vivant, éditant un petit journal plein de romances et de bons mots. Les périodes révolutionnaires étant ce qu'elles sont, il fut arrêté, et manqua de peu d'aller rencontrer la « Veuve ». Mais, Gascon à la vive faconde, il sut se faire acquitter.
À la Restauration, Jourgniac, qui s'était fait oublier (tout en ayant écrit le récit de ses aventures), réclama le grade de colonel. Mais il eut la grande

maladresse d'exhiber, à l'appui, la copie du certificat de civisme… délivré par les juges sans-culottes quelque vingt ans plus tôt.

Cela ne plut pas !

Ulcéré, Jourgniac s'écria :

« Ah ! Nous avions, sous la Terreur, la consolation d'être torturés, dépouillés et tués par des patriotes ! »

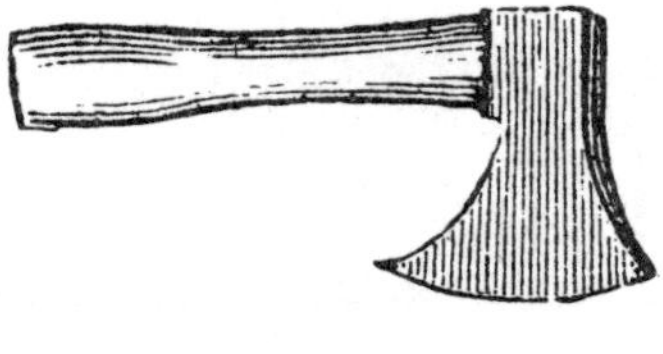

Qu'avez-vous à déclarer…

Diderot ?

« La vérité est souvent froide, commune et plate. »

« Untel est un sot. C'est moi qui le dis, c'est lui qui le prouve ! »

« Plus vous trouverez de raison dans un homme, plus vous trouverez en lui de probité. »

XIXe siècle

Pas de napoléons pour ceux qui « travaillent pour le roi de Prusse »

À Berlin, Napoléon conversait avec le général alsacien Rapp (1772-1821). L'Empereur, montrant à son interlocuteur des pièces d'or, lui dit :

– N'est-il pas vrai que les Prussiens aiment bien ces petits napoléons ?

– Assurément, et beaucoup plus que le grand…

répliqua Rapp qui ne pratiquait pas la langue de bois. De fait, les années 1813-1814 allaient montrer quels sentiments les Prussiens portaient aux Français et à Napoléon.

Réplique à propos d'une réplique...

Arrêté à Paris après l'attentat de la rue Saint-Nicaise visant Bonaparte, le chef chouan Georges Cadoudal comparut devant une cour dont l'ex-député montagnard Jacques-Alexis Thuriot était le rapporteur. Thuriot dresse donc l'acte d'accusation, très varié :

– Tu es accusé, entre autres griefs, d'avoir volé un portrait de Louis XVI, qui se trouvait au greffe du tribunal... Dis-nous ce que tu en as fait !

– Et toi, assassin, dis-nous donc ce que tu as fait de l'original !

hurle Cadoudal de sa voix de stentor.

Thuriot avait été de ceux qui avaient condamné Louis XVI à la guillotine.

Le « Petit » Caporal

Blanchisseuse aux gardes-françaises de son état, l'Alsacienne Catherine Hubscher (1753-1835) épousa un compatriote, un militaire du nom de Lefebvre, qui devait finir maréchal, duc de Dantzig. Sa femme devint donc la maréchale Lefebvre, tout en gardant la grande simplicité de son milieu d'origine...

Nonobstant les railleries et les récriminations de certains, Napoléon, au sein de sa noblesse d'Empire, tint à manifester son amitié à ses premiers et fidèles compagnons d'armes, souvent issus du peuple.

Si Catherine Hubscher est passée à la postérité, elle le doit à deux auteurs de théâtre, Victorien Sardou et Émile Moreau, qui en firent l'héroïne d'une pièce à succès toujours jouée : Madame Sans-Gêne.

À l'occasion d'un bal, l'Empereur lui lance, peut-être sans malice, sincèrement :

– Comme vous êtes belle, madame la duchesse !

parce que la brave femme a mis ses plus beaux bijoux. Croyant – à tort ou à raison – le propos ironique, la maréchale réplique de volée :

– Oh ! Sire ! Comme Votre Majesté est grande !

faisant directement allusion à la petite taille de Napoléon.
Catherine Hubscher avec son langage abrupt et sa rude sincérité, fut d'une loyauté totale à l'égard de l'Empereur.

Le « maréchal fracasse »

Le maréchal Oudinot était un homme brave, un trompe-la-mort qui tint, curieusement, à ce que ses états de service comportent avec minutie la liste exhaustive et précise de toutes ses blessures au combat ! En effet, ce miraculé des batailles de la République et de l'Empire a vu plus de vingt de ses blessures – souvent graves, et il est ahurissant qu'il ait pu mener une carrière militaire active de 1794 à 1814, pour mourir à quatre-vingts ans, en 1847 – être « homologuées ». Napoléon, qui le surnomma « le Bayard de l'armée française » alors qu'il le présentait, à Erfurt, au tsar Alexandre Ier, lui dit une fois :

– Même le plus brave, un jour, doit avoir peur.

– Je n'ai jamais eu le temps pour cela ! rétorqua le maréchal.

On voit parfois le temps passer… !

~

Napoléon envoyé à Sainte-Hélène, Louis XVIII put régner sans craindre, cette fois, de partir en catastrophe pour Gand ou ailleurs. Mais le roi, non dénué d'esprit, n'était guère passionné par tous les problèmes de gestion de gouvernement, quoiqu'il n'eût pas voulu nommer de président à son Conseil, sans doute pour affirmer sa propre autorité. Les séances étaient parfois stériles, insipides, en dépit de leur éventuelle longueur. Un jour, quelqu'un demanda à Talleyrand, évidemment membre du Conseil, ce qui s'était passé pendant les trois heures de la séance du jour.

« Trois heures »,

se contenta de répondre l'« homme aux six visages », dit aussi « le Diable boiteux ».

Une saillie à propos de… saillies

Soucieux d'avoir des héritiers, Napoléon se sépare de Joséphine et s'enquiert d'une nouvelle épouse. Si, de plus, cette nouvelle alliance présente un intérêt politique, cela n'en sera que mieux. Aussi l'Autrichien Metternich pousse l'empereur François à proposer sa fille aînée, Marie-Louise, dix-huit ans. Celle-ci obéit aux vœux de son père, passivement. Napoléon soumet, lui, son médecin, Corvisart, à un feu de questions portant sur la procréation :

– Quel est le terme moyen de la puissance en matière de paternité ? Un homme de soixante ans qui épouse une jeune femme a-t-il encore des enfants ?

– Quelquefois.

– … Et à soixante-dix ans ?

– Toujours, sire…,

répond, imperturbable, le toubib impérial. Toubib et plaisantin !

De ce fait, son mari n'était pas marri…

Catherine Hubscher, la maréchale Lefebvre, autrement dit « Madame Sans-Gêne », ne manquait pas de finesse d'esprit, comme nous l'avons vu. Celle-ci s'exerça ainsi aux dépens d'une dame de plus haute naissance et sans doute plus instruite, qui était connue pour ses infidélités conjugales… Comme la pimbêche lui demandait hypocritement si parfois elle n'oubliait pas le rang qu'elle devait tenir, Catherine repartit :

« Oh ! Bien souvent !… Mais je n'oublie jamais que je suis la femme de Lefebvre. »

Logique !

Quelqu'un dit un jour à Henri Monnier (1799-1877), père du célèbre personnage Joseph Prudhomme :

– La Bourse est un jeu dangereux. On gagne un jour ; on perd le lendemain...

– Eh bien, moi, je ne jouerai que tous les deux jours !

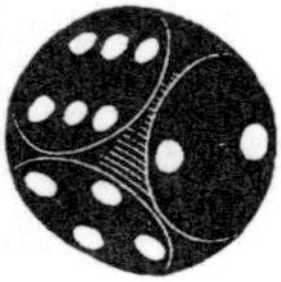

Se fiche du Thiers comme du quart

Armand Carrel (1800-1836), journaliste et écrivain politique, n'eut pas la carrière qu'il méritait d'avoir. Refusant les petits arrangements, il s'affirma de plus en plus dans l'opposition républicaine. Cela l'éloigna des opportunistes, des démocrates libéraux, et ses rapports avec Thiers, notamment, se dégradèrent. D'où de fréquentes altercations…

Lors d'une dispute, Thiers lâcha :

– Oh ! Je sais bien que si les républicains arrivent, je mourrai sur l'échafaud !

Méprisant, Carrel rétorqua :

– Toi ?! Tu mourras d'un coup de pied au cul !

« Fouché-moi le camp ! »

Sans scrupules, Joseph Fouché (1759-1820) est souvent associé, par son comportement, à Talleyrand. Comme le « Diable boiteux », il servit tous les régimes, parvenant à garder de hautes fonctions sous la Restauration bien qu'ayant été régicide… Lazare Carnot (1753-1823), l'« Organisateur de la victoire », était, lui, d'une intégrité incorruptible. Pour Napoléon, il était « le plus honnête homme qui ait figuré dans la Révolution ». Il ne faut donc pas s'étonner que ce « naïf » ait été proscrit, chassé de son pays par son ex-collègue Fouché, sous Louis XVIII. D'où sa question ingénue, inspirée par la stupeur, et la réponse méprisante de Fouché :

– Où veux-tu que j'aille, traître ?!

– Où tu voudras, imbécile !

Le poète n'est qu'un « nain gras »

Pierre Baour-Lormian (1770-1854) fut poète officiel de l'Empereur. Il en reçut une pension pour avoir célébré les noces de Napoléon et de Marie-Louise.
Après la chute définitive de l'Empire, cette pension lui fut évidemment reprochée par les royalistes, même si le poète tentait de renier son bienfaiteur... Contre toute vraisemblance, le Toulousain affirma qu'il aurait préféré ne pas toucher les six mille francs de pension. On lui rétorqua donc :
– Eh bien, il ne fallait pas l'accepter, alors !
Non dépourvu d'imagination, Baour-Lormian expliquait :
– Ne pas l'accepter ! Vous n'y pensez pas ! Vous ne connaissiez pas le tyran. Chaque mois, il demandait au ministre du Trésor : « Baour a-t-il touché sa pension ?
– Oui, sire.
– À la bonne heure ! »
Et l'ingrat de conclure :
– Si je ne l'avais pas touchée, il m'aurait fait fusiller comme le duc d'Enghien !

« *Vanité des vanités…* »

Diplomate d'exception, Talleyrand servit – tout en se servant au passage – les différents régimes politiques, de la Révolution à la monarchie de Juillet. Chateaubriand le légitimiste – rival éventuel – n'était pas de ses amis, Talleyrand étant probablement plus enclin à s'accommoder d'une monarchie constitutionnelle… pour autant qu'on puisse affirmer qu'il ait eu de vraies et fortes convictions politiques. L'auteur d'*Atala* et des *Martyrs* ne brillant pas toujours par la modestie, le « Diable boiteux » frappa un jour par un mot féroce :

« Il croit qu'il devient sourd parce qu'il n'entend plus parler de lui… »

Question de style…

Honoré de Balzac, à qui l'on demandait :

– Pour vous, qu'est-ce qu'une femme distinguée ?

répondit :

– La femme vraiment distinguée est celle qu'on ne distingue pas.

Une réplique qui chagrinerait plusieurs stylistes d'aujourd'hui…

Quand on veut jouer au plus fin…

Adolphe Thiers (1797-1877), ministre de l'Intérieur du cabinet du maréchal Soult, se permit de dire à Louis-Philippe, en 1833 :

– Sire, vous êtes fin, mais je suis plus fin que vous.

Phrase qu'il faut se garder d'adresser à tout dirigeant, qu'il soit prince souverain ou président de la République… Louis-Philippe, gardant son sang-froid, remarqua avec esprit :

– La preuve que non : c'est que vous me le dites !

De quoi rester assis !

Morny, sûr de sa puissance, se permettait quelques insolences, y compris à l'égard de personnages du Tout-Paris.
Un jour, alors qu'il était plongé dans un dossier à son bureau ministériel, il reçut le baron de Rothschild de façon désinvolte : en invitant d'un signe, sans lever les yeux, son visiteur à s'asseoir. Suffoqué, le banquier souligna son identité :

– Je suis le baron de Rothschild !

– Eh bien, prenez deux chaises !

Morny avait réussi dans les affaires… notamment en s'associant à ce même baron de Rothschild.

Gay… mais sévère !

Un littérateur bien oublié, Jean Viannet, ennemi des romantiques, lança un jour, au cours d'un repas :

– Lamartine ! C'est un fat qui se croit le premier homme politique de son temps, et qui n'en est même pas le premier poète !

– En tout cas, il n'en est pas non plus le dernier : la place est prise !

reprit de volée Mme de Girardin (Delphine Gay, de son nom de jeune fille, poétesse, romancière et également auteur de chroniques dans *La Presse*). Viannet est l'auteur d'un vers étonnant : « Sous un casque, Arbogaste avait un esprit vaste ! »

La maîtresse de céans et le maître de séant

Henri Monnier (1799-1877), auteur dramatique, acteur et caricaturiste français, est surtout connu pour être le père du personnage de Monsieur Prudhomme, caricature du bourgeois parisien, sot, sentencieux, pontifiant.
Monnier se montrait farceur dans la vie. Alors qu'une dame s'enquérait poliment :

– Bonjour, mon cher Monnier, avez-vous de quoi vous asseoir ?

le farceur, faussement dans l'embarras, répondit :

– Heu… Oui… J'ai de quoi m'asseoir… mais je ne sais pas où le mettre…

Assez de polémiques, Victor !

Le 17 juillet 1861, Victor Hugo était à la tribune de l'Assemblée et s'élevait contre la révision de la Constitution quand il fut interrompu par un élu installé dans les rangs de la droite et qui l'invita à aller faire ses discours sur la scène d'un théâtre : « [...] Portez tout cela à la Porte-Saint-Martin, monsieur Victor Hugo ! »
S'adressant à celui qui venait de l'interrompre, l'orateur repartit :

– Vous savez mon nom, à ce qu'il paraît, et moi, je ne sais pas le vôtre. Comment vous appelez-vous ?

– Bourbousson !

Après avoir laissé un « blanc » qui suscita le silence sur tous les bancs de l'Assemblée, Hugo laissa tomber :

– ... C'est plus que je n'espérais !

La drôlerie ironique de la réplique fit se plier en quatre, dit-on,l'ensemble de la représentation nationale.

Le savant en vit 36 chandelles !

On retient généralement du chimiste Eugène Chevreul (1786-1889) que ses travaux conduisirent à la naissance des bougies stéariques, donnant plus de lumière et dégageant moins de fumée et d'odeurs désagréables que les vieilles chandelles… et qu'il vécut plus de cent ans ! Alors qu'il avait franchi le cap du siècle bien sonné, il se promenait un jour boulevard Saint-Michel. Peut-être parce qu'il se déplaçait lentement et qu'il était quelque peu « château branlant », il fut bousculé par deux employés des Pompes funèbres. À la personne qui l'aidait à se relever et s'inquiétait de sa santé, le vieux savant commenta :

« Je comprends la nervosité de ces messieurs : il y a si longtemps que je les fais attendre. »

De drôles de « pistolets », ces militaires !

Duc de Malakoff, le maréchal Pélissier n'avait pas, semble-t-il, un caractère des plus faciles. Un jour, il se laissa aller à cravacher son aide de camp, le commandant Cassaigne. Celui-ci, s'il n'avait pas d'étoiles, avait du tempérament ! Il sortit illico son pistolet, visa le maréchal, et tira... Mais heureusement – pour l'un et l'autre – l'arme s'enraya. Ayant retrouvé son sang-froid (peut-être à l'idée d'avoir failli être « refroidi »), et reconnaissant qu'il avait des torts, Pélissier lança :

« Commandant, vous garderez les arrêts pendant huit jours... pour avoir une arme en mauvais état de fonctionnement ! »

Y a pas moyen de dîner tranquillement !

Henry Becque (1837-1899) est surtout connu pour sa pièce dramatique *Les Corbeaux* et sa comédie *La Parisienne* ; il fut un des auteurs réputés de son époque. Comme on le voit dans *Les Corbeaux*, son humour était parfois grinçant, humour que l'on pourrait peut-être comparer à celui d'un Pierre Desproges, par exemple.

Lors d'un dîner, un général voulut lui faire dire un trait d'esprit piquant, mordant. La requête déplut fort à Becque, qui répliqua :

« Est-ce que je vous demande, à vous, de tirer le canon ? »

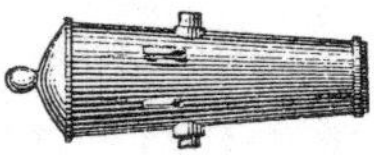

Le cardinal lisait comme un typographe !

Le cardinal Donnet (1795-1882) était un homme… n'aimant pas se lever tôt. Un jour, le supérieur de son grand séminaire se présenta alors qu'il traînassait au lit. Pendant que le visiteur attendait dans l'antichambre, le prince de l'Église revêtit en hâte une soutane, se précipita sur son prie-Dieu, et ouvrit le livre qui s'y trouvait… À la fin de l'entretien, il dit au supérieur :

– Vous n'oublierez pas de dire à vos séminaristes que vous m'avez trouvé en méditation devant un ouvrage de saint Jean Chrysostome en grec.

– Je n'oublierai pas non plus de leur dire, rétorqua son interlocuteur, que vous savez si parfaitement le grec que vous pouvez même le lire quand le livre est à l'envers…

Au nom du père…

Auteur de *La Dame aux camélias*, comme on sait, Alexandre Dumas fils (1824-1895) se retrouva, dans un salon, face à une dame « de la haute » qui se permit une remarque sur son père :

– Il est fâcheux pour vous que votre père ait des mœurs aussi relâchées.
– Non, duchesse, car, s'il ne peut me servir d'exemple, il me sert d'excuse !

« Esprit, es-tu là ? »

Aurélien Scholl (1833-1902) fut un des hommes les plus spirituels de son époque. Ce journaliste cultivé, auteur dramatique, chroniqueur et romancier considérait que le reporter ne devait pas se conduire de façon outrecuidante dans les interviews.

Le philosophe Victor Cousin croisa un jour la route de Scholl : les deux hommes se trouvaient dans un établissement connu, la Maison dorée, le plus cher et le plus réputé restaurant de la capitale. Fréquenté par le Tout-Paris, les fêtards, les noceurs, etc.

Les deux hommes prennent place à une même tablée, et la conversation fuse. Cousin, à un moment, assène :

– Je n'aime pas l'esprit, monsieur !

Mal lui en a pris, car Scholl, justement réputé pour son humourcinglant, le gifle d'un :

– Je le sais, Maître, j'ai lu vos livres !

Ces insultes ne sont pas un « point de bétail » !

Jean-Louis Forain (1852-1931) fut un dessinateur et caricaturiste d'une grande férocité, tant dans son art que dans la vie. Il se fâcha donc avec beaucoup de monde, entre autres lorsqu'il se montra résolument antidreyfusard. Une fois, ce fut sa femme qui irrita un vieil ami du dessinateur, à savoir Jean Lorrain, un écrivain et chroniqueur que l'on classe parmi les « décadents », et qui choqua en affichant, pas toujours avec très bon goût, son homosexualité. Mme Forain, donc, se répandit en propos homophobes, au point que Jean Lorrain voulut quitter la table. Forain, gêné, tenta de le calmer en évoquant leur vieille amitié :

– Souviens-toi de nos débuts, quand nous mangions tous de la vache enragée…

– Certes… mais moi, je ne l'ai pas épousée !

Il en avait soupé, de ces dîners !

Henri Meilhac (1831-1897) fut un des plus brillants auteurs de comédies et de livrets d'opérettes (*La Vie parisienne, La Belle Hélène*, de Jacques Offenbach) – souvent en collaboration avec Ludovic Halévy. Contrairement à nombre de ses confrères d'hier et d'aujourd'hui qui poussent leur carrière en se ruant à toutes les manifestations mondaines, Meilhac n'aimait pas les dîners en ville... Il vexa, ainsi, une certaine Mme Aubermont de Nerville, qui eût bien aimé avoir à sa table le talentueux auteur. Rencontrant Meilhac par hasard, la maîtresse de maison bafouée l'interpella en ces termes :

– Alors, c'est vrai, monsieur Meilhac, ce qu'on m'a dit, vous ne voulez pas venir chez moi et vous déclarez partout que mes soirées sont assommantes ?!

– Madame, c'est absolument vrai... mais, véritablement, ce n'était pas des choses à vous répéter !

Un ruban trop souvent devenu une… faveur

Déjà, du temps d'Alphonse Allais, la Légion d'honneur ne récompensait plus exclusivement des personnes remarquables par leur courage et les services rendus à leurs semblables ou à la nation… L'humoriste honfleurais, constatant que, dans la promotion incluant Jules Renard, l'auteur de *Poil de carotte* était entouré d'individus… moins méritants, s'exclama :

« Oh ! Vous avez vu ?!… Ce pauvre Renard qu'on a décoré dans une rafle ! »

Os… court !

Surnommé « l'aumônier des duchesses » et aussi « le confesseur du Tout-Paris », Arthur Mugnier (1853-1944) est connu sous le nom d'« abbé Mugnier ». Ce prêtre catholique, à la dégaine de curé de campagne d'autrefois, fréquenta le Tout-Paris mondain et intellectuel, dont il fut le directeur spirituel. Il est l'auteur d'un très intéressant *Journal*, qui couvre les années 1879-1939.

– Monsieur l'abbé, avez-vous vu la croix ?

lui demanda une de ses voisines de table, en faisant allusion à une coquette fort fanée qui, lors d'un dîner chez la duchesse de Rohan, arborait une croix de diamants sur une poitrine osseuse.

– Non, je n'ai vu que le calvaire…,

répondit, pince-sans-rire, le porteur de soutane.

Qu'avez-vous à déclarer…

Alphonse Allais ?

« Les bêtes ont-elles une âme ? Pourquoi n'en auraient-elles pas ? J'ai rencontré, dans la vie, un nombre considérable d'hommes, dont quelques femmes, bêtes comme des oies, et plusieurs animaux pas beaucoup plus idiots que bien des électeurs. »

« Les gens qui ne rient jamais ne sont pas des gens sérieux. »

« Il ne faut jamais faire de projets. Surtout en ce qui concerne l'avenir. »

Si les habits verts m'étaient Conti…

Émile Augier (1820-1889) fut un des plus fameux auteurs dramatiques du XIXe siècle, ce qui lui valut d'être académicien. Il précéda de quelque dix-huit ans au sein des Quarante le très oublié John Lemoinne, diplomate, homme politique et journaliste (1815-1892), né à Londres de parents français.

Un jour, Augier rencontre Lemoinne dans la rue, qui tient par la main une petite fille. Le lendemain, feignant d'être choqué, indigné, il apostrophe l'autre « immortel » en lui disant :

– Prenez garde ! Votre compagne d'hier n'a sûrement pas douze ans !

– Oh ! Elle en aura bien dix-huit quand je serai prêt !

Comme quoi la couleur de l'habit vert déteint sur les propos un peu coquins d'académiciens en veine de plaisanteries.

Encore trop jeune…

Pauline de Metternich (1836-1921), fut l'épouse de l'ambassadeur d'Autriche en France. Intelligente et élégante, elle brilla à la cour des Tuileries, sous le second Empire. La sachant spirituelle, on se permettait d'aborder avec elle des sujets légers. Ainsi, on lui demanda, lors d'une soirée, jusqu'à quel âge, à son avis, une femme pouvait avoir des appétits sensuels…
D'un air détaché, elle répondit malicieusement :

– Je ne sais pas : je n'ai que soixante-trois ans…

Carnet de balles

Alfred Jarry était doué pour le tir, que ce soit au pistolet, à l'arc ou à la sarbacane... Un jour, monté sur le toit de sa maison, il s'amusa à faire des cartons sur les pommiers d'une voisine, tel... Tell (Guillaume) et son arbalète.

Effrayée – à juste titre –, la pauvre femme s'écria :

– Arrêtez, misérable, vous allez tuer mes enfants !

– Je vous en ferai d'autres, madame !

rétorqua l'affreux jojo.

Assez de scènes !

Georges Feydeau (ou Tristan Bernard ?...) se montra mauvais confrère en quittant le théâtre avant la fin de la représentation d'une pièce, lors d'une première. Un contrôleur s'étonna :

– Monsieur Feydeau, il y a encore un acte !

– C'est bien pour ça que je m'en vais !

Le général faisait-il du pied ?

Le général Boulanger n'avait sans doute pas le cuir assez épais ni un caractère suffisamment ferme pour faire un grand homme d'État... Menacé de poursuites et d'emprisonnement par les dirigeants de la IIIe République, inquiets de sa popularité, Boulanger s'enfuit en Belgique avec sa maîtresse, Mme de Bonnemains. Lorsque celle-ci meurt de maladie, il se suicide sur sa tombe, à cinquante-quatre ans, deux mois plus tard. Clemenceau, doté d'un tout autre tempérament, dira, méprisant : « Boulanger est mort comme il a vécu : en sous-lieutenant. » Dans les années où il était au faîte de la popularité, Boulanger, lors d'une réception, fut interpellé par une admiratrice :

– Comme vous avez de jolies mains, général !

Un don Juan spirituel et audacieux aurait peut-être répondu, évoquant un fameux conte : « C'est pour mieux vous… » mais Boulanger, pris de court, ou bien pensant vraiment faire de l'esprit – en se moquant de cette femme trop flagorneuse ? –, repartit :

– Ah ! Et si vous voyiez mes pieds !

William Shakespeare : un imposteur !

Faisant allusion à Willy, l'époux de Colette, qui n'hésita pas à signer de son nom les livres écrits par sa moitié, Alphonse Allais eut, devant un cercle d'amis, un magnifique jeu de mots :

« La preuve que Shakespeare n'a pas écrit lui-même ses pièces, c'est qu'on l'appelait Willy ! »

« Ô vieillesse ennemie ! »

Le peintre, illustrateur et graveur Jean-Louis Forain avait la dent dure, la molaire tueuse, la canine assassine… Au cours d'un dîner, la conversation se porta sur la vieillesse, et l'une des convives, qui estimait sans doute être d'un âge moyen, ou seulement d'un certain âge plutôt que d'un âge certain, déclara :

– Moi, quand je me sentirai vieille, voilà ce que je ferai…

(et elle pointa son index sur sa tempe).

– Feu !

ordonna alors Forain.

Prudence

Journaliste de talent, mais surtout dramaturge à l'humour incisif, Alfred Capus (1857-1922) est reconnu comme l'une des gloires du théâtre français de la Belle Époque. Interrogé sur son âge par deux femmes dans un salon :

– Cher maître, nous avons fait un pari... Quel âge avez-vous ?

Capus répondit avec une circonspection amusée :

– Cela dépend de vos intentions, mesdames...

Prendre la mouche...

Georges Courteline (1858-1929), le célèbre nouvelliste et auteur dramatique (eh oui, c'est l'expression consacrée, même pour un auteur de... comédies), prenait un verre avec Ernest Lajeunesse, un chroniqueur de boulevard. Soudain, ce dernier s'écria :

– Je viens d'avaler une mouche !

– Tant mieux ! Je suis bien content quand il arrive malheur à ces sales bêtes !

Un peu exagéré, sans doute…

« Père » du… père Ubu, créateur de la pataphysique, l'humoriste quelque peu surréaliste Alfred Jarry (1873-1907) aurait possédé chez lui, dans sa chambre, exposé sur la cheminée, un imposant phallus de pierre. Passant par-là, une dame ingénue (?) – ou espiègle ? – aurait demandé à Jarry :

– C'est une reproduction ?

– Mais non, madame, c'est une diminution !

Une fleur du mâle

Une jeune et jolie actrice passa devant Georges Feydeau et un de ses amis… Ce dernier dit à l'auteur des fameuses comédies :

– Regarde cette fille : elle respire la vertu !

– Oui, oui, mais je la connais. Elle s'essouffle vite !

Humour noir involontaire

Sarah Bernhardt, tout en se maquillant, recevait un jour dans sa loge une vague relation, une dame qu'elle connaissait peu. Cette dernière énumérait les malheurs qui l'avaient frappée, et qui étaient légion : décès de son mari, de sa mère, de sa fille… Distraitement, l'actrice commentait : « C'est terrible… », « C'est effrayant… ». Continuant l'horrible liste, la dame poursuivait :

– J'ai aussi perdu ma sœur et mes neveux, et puis mon père…

Si ce qu'elle déclarait était vrai, il faut reconnaître qu'il ne devait plus rester grand-monde ! Et, d'ailleurs, la visiteuse en vint à dire :

– J'en suis à me demander si je ne ferais pas mieux de me tuer…

Ses pensées toujours ailleurs, et n'ayant sans doute pas prêté beaucoup d'attention à la dernière phrase (on ne saurait imaginer un humour aussi cynique), Sarah répondit :

– C'est une bonne idée…

Ce n'est vraiment pas un grand tome !

Tout fier de ses œuvres, un écrivaillon tint à offrir à Alfred Capus (1857-1922) – le fameux journaliste, romancier et auteur dramatique à l'esprit très aiguisé – sa plus récente production :

– Cher ami, voici mon dernier livre !

– Le « dernier » ?... Très bien, parfait !

« *Poète-poète* »

– X. a mal aux pieds,

disait-on à Jules Renard (1864-1910), l'auteur de *Poil de carotte* et d'un *Journal* remarquable.

– Dame ! À force d'écrire !

commenta le sarcastique auteur.

Un spécialiste d'... « Utrillo »

Dramaturge français et poète, Romain Coolus (1868-1962), ami de Jules Renard, d'Alfred Capus, de Tristan Bernard, de Toulouse-Lautrec... fut un auteur « de boulevard », que certains classent dans la catégorie des « viveurs » 1900 et des auteurs de comédies légères et grivoises.
Un jour, dans une réunion entre auteurs, la conversation en vint sur un romancier connu, qui allait épouser une comédienne au passé peu simple, léger pour tout dire. Quelqu'un voulut plaider en faveur de l'actrice :

— Mais je vous assure qu'elle a toutes les qualités de la femme de ménage !

(Aujourd'hui, on dirait : « de la parfaite maîtresse de maison ».) Coolus repartit :

— ... de ménage à trois !

Non pas le cas Brel (Francis), mais le cas Yvette

Yvette Guilbert (1865-1944), la grande « diseuse » de la chanson française, était dotée d'un physique particulier... qui changea beaucoup avec les années : la maigrichonne chanteuse au long cou et au nez pointu s'empâta notablement.
L'interprète de *Madame Arthur* et du *Fiacre* était, par ailleurs, une femme intelligente, pleine d'esprit et d'humour. Rencontrant un jour Oscar Wilde, elle lui déclara :

– Monsieur Wilde, vous avez devant vous la femme la plus laide de Paris !

– Pas de Paris, madame, du monde !

rétorqua l'écrivain irlandais, en s'inclinant.
On s'interrogera longtemps, peut-être, sur le « compliment » : cynique, désinvolte ou purement humoristique...

Il y a de pires aînés !

Le célèbre Tristan Bernard était – d'un jour – l'aîné du poète Michel Zamacoïs… Le premier était un passionné des jeux, misant beaucoup, perdant beaucoup, notamment à Deauville.
Un matin, Zamacoïs voit Tristan Bernard, dans le hall de l'hôtel Normandy, complètement affalé dans un canapé – sans doute après avoir pris une bonne « culotte » la veille au soir.
Étonné, voire choqué, par l'attitude de l'humoriste, le poète s'exclama :
– Allons, Tristan, voyons, mais qu'est-ce que c'est que ça ! Ce n'est pas une attitude, redressez-vous, tenez-vous mieux que ça !
– Ah ! Zamacoïs, vous verrez demain, quand vous aurez mon âge !

Le nécessaire et le superflu…

~

– Il faut bien que tout le monde vive !
– Je n'en vois pas la nécessité !

rétorqua Barbey d'Aurevilly, le « Connétable des lettres », qui pouvait se montrer cinglant à l'égard de ceux qu'il considérait comme des médiocres.

« C'est l'arthrose, l'important… »

Le directeur du Gaulois, Arthur Meyer (1824-1944), avait un cheveu de moins que le professeur Nimbus d'André Daix, puisque l'on dit qu'il était complètement chauve. Un jour, lors d'une conversation téléphonique, il dit :

– J'ai très mal au genou !

Ce qui lui attira la réplique fulgurante de son correspondant, l'auteur dramatique Tristan Bernard :

– Un peu de migraine, sans doute !

« *Peignez ! Ça… Soulages !* »

Henri Gabriel Ibels (1867-1936), peintre, dessinateur, affichiste et graveur français, fut proche du groupe des nabis. Il fut d'ailleurs surnommé « le nabi journaliste » à cause de l'intérêt qu'il portait aux questions sociales, et des travaux qu'il effectuait pour des journaux d'obédience prolétarienne et anarchiste. Toulouse-Lautrec a fait son portrait.
Ibels ne roulait pas sur l'or et ne pouvait pas toujours honorer son loyer à la date prévue. Son propriétaire s'impatientait et lui demandait :

– Mais enfin, monsieur, quand me paierez-vous ?
– Je n'en sais rien, monsieur. Je suis peintre, je ne suis pas prophète…

Réplique doublement drôle puisque les nabis – artistes post-impressionnistes – avaient repris ce terme qui signifie… prophète en hébreu !

C'est fin !

~

médiocre – ça existe – demandait à l'actrice Marguerite Moreno (1871-1948), qui était du genre maigre :

– Est-il vrai que, en général, les gens maigres ont de l'esprit ?

– Oui... mon gros !

Une définition très fine

Artiste de music-hall et acteur britannique, George Robey (1869-1954) ne manquait pas d'humour.
Il disait ainsi : « Les réclamations se font par écrit. Elles doivent être déposées dans la boîte qui est installée à cet effet et qui est vidée deux fois par semaine par la femme de ménage. »
Un jour, dans un salon, la discussion portait sur l'art de la diplomatie... Une dame d'âge certain demanda à l'acteur :

– Mais pour vous, monsieur Robey, qu'est-ce qu'un diplomate ?
– Un diplomate, mon... enfant, c'est un homme qui connaît la date de naissance des femmes, et qui a oublié leur âge.

Une excuse récurrente et familiale

Oscar Wilde, dont la présence était très recherchée dans les dîners mondains compte tenu de sa personnalité sulfureuse et de son esprit caustique, arrivait assez souvent en retard… Il avait donc pris pour habitude de dire à son hôtesse, en arrivant :

– Excusez-moi, mais je viens de tuer ma grand-mère.

– Vous êtes tout excusé,

répondait alors suavement la maîtresse de maison, calquant son propos sur la plaisanterie répétitive de l'auteur.

« Paroles, paroles… »

Aurélien Scholl suivait un jour une réunion politique dans le cadre d'une campagne électorale. Comme d'habitude et quels que soient les partis, l'orateur se répandait en promesses, attirant l'attention sur la priorité qu'il fallait donner à la modernisation des institutions et sur la nécessité de « refaire la France »… Scholl commenta à mi-voix :

« "Refaire" la France ! C'est admirable… Comme si la France n'avait pas toujours été… "refaite" ! »

« La France » au sens de « les Français », naturellement.

Qu'avez-vous à déclarer…

Ferdinand Foch, maréchal de France ?

« Une assemblée, pour décider, doit avoir un nombre impair… mais, trois, c'est déjà trop ! »

« Ne me dites pas que ce problème est difficile : s'il n'était pas difficile, ce ne serait pas un problème ! »

Un jour – était-ce lors d'une séance du *Dictionnaire* à l'Académie Française ou lors d'un dîner mondain ? –, excédé par les discussions de puristes portant sur les formes au singulier et au pluriel de mots issus du latin ou de l'italien, il se leva et déclara :

« Excusez-moi, je vais aller faire pipo sur les cacti ! »

XXe siècle

« Lion » britannique et « Tigre » français

Le commandant du corps expéditionnaire anglais, en 1914-1918, était le maréchal... French, que son patronyme devait normalement porter à la sympathie pour les « frenchies » ! Et d'ailleurs, effectivement, rendant visite à Georges Clemenceau, le maréchal fait l'éloge de régiments bretons qui se sont admirablement comportés dans les combats du secteur de Saint-Mihiel, dont l'occupation du saillant est essentielle pour protéger Verdun.
Le « Tigre », jamais en panne d'un bon mot, répliqua :

« On a usé d'un excellent stimulant : on leur a fait croire qu'ils se battaient contre les Anglais ! »

Il était poète à ses heures, mais plus à 17 heures !

Georges-Eugène Faillet, dit Fagus (1872-1933), fut poète, ce qui ne l'empêchait pas d'avoir éventuellement la dent dure contre d'autres auteurs… Un jour, il discutait avec Paul Léautaud et lui parlait d'un roman :

– L'auteur est une femme du monde…

– Du talent ? s'enquit Léautaud.

– Je vous ai dit : « une femme du monde » !

– Ah oui ! Pardon !

Le malin de la Galette

Si l'on n'adhère pas à la peinture non figurative, on peut s'interroger, parfois ou souvent, sur ce que l'auteur a voulu représenter dès lors qu'il ne s'agit pas d'un joyeux fumiste ni d'un farceur invétéré. Mais poser directement, et quelque peu candidement, la question à l'artiste, ou prétendu tel, peut exposer à des reparties cinglantes ou sarcastiques issues d'un ego méprisant ou vexé... Picasso fit dans l'humour ou le cynisme – chacun se fera son opinion – en répliquant à une personne qui lui demandait, ainsi :

– Mais... qu'est-ce que cela représente ?

– Cela représente un million !

Si Versailles m'était conté…

David Lloyd George (1863-1945) est, pour l'instant, le dernier Premier ministre britannique issu du Parti libéral. Socialisant, pacifiste, il fit néanmoins partie du gouvernement d'union nationale lors de la Grande Guerre, devenant même Premier ministre en 1916. C'est lui qui représenta la Grande-Bretagne lors de la conférence de paix de Versailles, où ses rapports avec le président américain Wilson et Georges Clemenceau furent difficiles. Il répondra ainsi, à la question de savoir comment il s'en était sorti, à Versailles :

« Eh bien, pas mal, étant donné que j'étais assis entre Jésus-Christ et Napoléon ! »

Félix, lui, fait l'« X »

Lucien Guitry, père de Sacha, était un comédien « hénaurme », une très forte personnalité à l'humour ravageur. Jean, frère de Sacha, était moins brillant, et commettait pas mal de bêtises…, au point que son père redoutait un jour ou l'autre une incarcération. Aussi, quand un ami demanda à Lucien Guitry :

– Et comment va Jean ?…,

la réponse fusa :

– Oh ! Il prépare… centrale !

« Laissez venir à moi les petits cent francs ! »

Jean Guitry, on l'a vu, donnait du souci à son père Lucien Guitry. Par exemple, lorsqu'il s'adressa à l'administrateur du théâtre où jouait son père, pour obtenir une… avance pour son propre compte. Naturellement, l'administrateur en référa au « paternel » :

– Est-ce que je dois marcher ?

La réponse, spirituelle, de Lucien Guitry lui aurait permis de jouer au « ni oui ni non » :

– Sur la pointe des pieds !

On peut donc penser que Jean obtint un peu de subsides…

Toujours en représentation !

Est-ce une invention de Jean Cocteau (1889-1963), ou « Charlot » lui a-t-il vraiment tenu ce propos ?... Nous avons un doute – mais au bénéfice de ce dernier, nous mentionnerons tout de même ce trait d'esprit. Trouvant l'acteur peu en forme, au hasard d'une rencontre au Japon, le poète lui demanda :

– Vous avez l'air fatigué ?...

– Eh bien, c'est normal ! Pensez au nombre de salles dans lesquelles je joue chaque jour !

« Occupe-toi d'Amélie, plutôt, comme Feydeau ! »

Marguerite Moreno (1871-1948), actrice de théâtre et de cinéma, fut sociétaire de la Comédie-Française. Il lui arriva un jour, alors qu'elle jouait une confidente dans une tragédie de Racine, de ne pas très bien savoir son texte. Cette désinvolture gêna et agaça un des monstres sacrés du Théâtre-Français : le grand Mounet-Sully, qui jouait cette pièce lui aussi.
Le rideau baissé, la comédienne subit une mercuriale : elle se fit « remonter les bretelles » :

– Et puis d'abord, mademoiselle, vous n'aimez pas Racine !

Sans se démonter, la fautive rétorqua :

– Mais je vous défends de vous occuper de ma vie privée !

L'amitié vache…

Les humoristes Jules Renard, Alfred Capus, Tristan Bernard et compagnie, quoique amis, n'en échangeaient pas moins régulièrement rosseries et vacheries, à des degrés divers… Il leur était impossible de s'en abstenir : ce n'était pas chez eux, comme on dit, une « seconde nature », c'était leur première nature !
Un jour, alors qu'ils étaient à la Comédie-Française, en train de bavarder, Tristan Bernard dit à Jules Renard (et ce dernier l'a rapporté) :

« Ah ! Mon cher Jules ! Vous aurez quelque jour votre buste ici… si vous vous mettez à la sculpture. »

Les cadences infernales…

Tout juste nommé ministre de l'Intérieur, Clemenceau a la « bonne » idée de visiter à l'improviste les services de son ministère, un matin de bonne heure… Le chef du personnel pour guide, il se fait ouvrir les portes des bureaux : le vide absolu dans les trois premières salles ! Ouf ! Le quatrième bureau est occupé… par un fonctionnaire qui doit finir sa nuit : il dort comme un bienheureux !
Le chef du personnel se rue sur l'employé, quand Clemenceau l'arrête :

« Ah ! Non ! Ne le réveillez pas : il s'en irait ! »

Une plaisanterie « au poil » !

L'explorateur norvégien Roald Amundsen (1872-1928), vainqueur du pôle Sud, fut évidemment une des coqueluches de son époque. Donc soumis, comme on dit par un cliché journalistique, au « feu roulant » des questions tant des médias que de M. Tout-le-Monde. Un jour, ainsi, une femme insista pour obtenir un « scoop », un détail très original… Amundsen lâcha alors :

– Un beau jour… En fait, en une seule nuit, ma barbe a poussé de quinze centimètres !

Captivée par cette « info » exceptionnelle, l'interlocutrice insista :

– Mais comment un tel phénomène s'explique-t-il ? Cette pilosité exubérante a-t-elle touché tout le corps ?...

L'extraordinaire détail... piquant se dégonfla quand Amundsen expliqua :

– Au pôle, la nuit dure six mois !

Qu'avez-vous à déclarer...

Jean Poiret ?

« L'audience des comiques est très restreinte : il n'y a que le public qui les aime. »

« Le même âge pour un couple, c'est un écart qui ne se rattrape jamais. »

Un homme très « vieille France » !

Homme d'une grande courtoisie, Anatole France s'exprimait avec élégance et délicatesse. Ce qui n'empêchait pas la lucidité… En témoigne l'aimable échange suivant :

– Oh ! Monsieur France ! Comme vous avez bonne mine !

lui dit, en venant le voir alors que le maître était âgé, une jeune femme.

– Mais oui ! Mais, si j'avais vingt ans, vous ne me le diriez pas…

« As-tu du cœur ? »

On apprit un jour à Colette le décès d'Henri de Jouvenel, qui avait été son mari, avec ce commentaire :

– Il est mort subitement. Du cœur…

– Pas possible !

Anti-Mémoires…

On demanda un jour au maréchal Pétain :

– Vous n'avez jamais imaginé d'écrire vos Mémoires ?

– Non : je n'ai rien à cacher.

« *Fais-moi un mouton…* »

Se promenant dans la campagne avec son petit-fils, Tristan Bernard montre à l'enfant un mouton qui est en train de bêler…
Le gamin remarque :

– Mais, ce n'est pas ainsi qu'on fait « Bêê » !

L'humoriste, face à ce propos ingénu du gosse prétendant savoir mieux bêler que le mouton lui-même, lui dit :

– Toi, mon petit, tu seras critique dramatique !

Du suspense… !

Lucien Guitry avait un « truc » bien à lui : il usait – abusait ? – des « temps », c'est-à-dire qu'il faisait durer les silences, notamment avant de lancer une réplique. On peut supposer que ce grand acteur cabotin savait très bien à quels moments il pouvait se permettre cela…
Un jour, un admirateur le félicita chaudement, en ces termes :

– Quand vous dites le texte, monsieur Guitry, vous êtes merveilleux... mais c'est dans les silences que vous êtes particulièrement admirable !
– C'est parce que les silences sont de moi !

répondit le père de Sacha.

« Le nouveau Cicéron ? C'est Poincaré ! »

Raymond Poincaré (1860-1934), essayiste, homme politique, académicien et brillant avocat, joua un rôle de premier plan sous la IIIe République, notamment comme président de la République pendant la Première Guerre mondiale. Il fut l'un des plus jeunes ministres que l'on ait connus : en avril 1893, Charles Dupuy, chef du gouvernement, le nomma ministre de l'Instruction publique, des Cultes et des Beaux-Arts. Poincaré n'avait donc que trente-trois ans. Une dame s'étonna un jour de sa jeunesse, ce qui lui attira en réplique la boutade suivante :

« Madame, je suis jeune, en effet, mais c'est un défaut dont je me corrige tous les jours ! »

Quelle croix, les amis de nos amis !

Alors qu'Édouard Herriot était président du Conseil, un de ses amis le « tanna » pour que la croix de la Légion d'honneur soit accordée à un vieux copain :

– Cela lui ferait tellement plaisir : il est malade, il ne sort jamais !

– Alors, s'il ne sort jamais, rien ne l'empêche de la porter !

repartit Herriot.

Même pas soporifique !

Winston Churchill avait un humour dévastateur…
Un jour, à la Chambre, un député s'interrompt :

– Monsieur Churchill serait-il en train de dormir pendant que je parle ?!

Il s'attira un lapidaire :

– Si seulement !

Deuxième service !

Invité un jour chez des membres de la famille de Rothschild, Lucien Guitry était sorti de table non rassasié : la chère avait certes été bonne, mais le dîner très frugal. Alors que son hôte le raccompagnait en lui disant :

– J'ai été ravi de vous avoir eu à dîner. Il faudra que nous recommencions…

Le comédien répliqua :

– Tout de suite, si vous voulez !

La saillie fut-elle comprise, ou bien son interlocuteur n'y vit-il qu'une réponse des plus aimables ?

Quel couple cela aurait fait avec Guillaume le Taciturne !

Fille d'une pianiste grecque célèbre et d'un prince roumain, nièce de la fameuse princesse Bibesco, Anna Brancovan (1876-1933) épousa le comte de Noailles. Le couple fréquentait le Tout-Paris intellectuel, de l'art et de la littérature notamment.
La comtesse fut la reine des salons parisiens, sachant aussi défendre ses intérêts, d'où le surnom de « Madame Réclamier » – un jeu de mots d'après le nom de la belle égérie de Chateaubriand, et fut aussi une poétesse de réel talent, lyrique, passionnée…
Tous les témoignages concordent : Anna de Noailles était un intarissable perroquet de

salon, volubile à l'extrême. Ce qui explique la réponse que lui fit un jour l'abbé Mugnier :

– Ah ! Monsieur l'abbé !
Dieu vous parle, à vous.
À moi, il ne dit rien !
– C'est parce que vous ne
lui laissez pas placer un mot !

Jules Renard, d'ailleurs, avançait que si Dieu avait créé l'homme quelques minutes avant la femme, c'était pour qu'il puisse dire quelques mots…

Elle est raide, celle-là !

Le « rossignol » Yvonne Printemps (1894-1977) fut une chanteuse exceptionnelle, une comédienne pétulante, intelligente, pleine de charme et tôt délurée. Avant de vivre avec Pierre Fresnay à partir des années 1930, ce qui ne l'empêcha pas de continuer à collectionner une foultitude d'amants, elle fut l'épouse de Sacha Guitry de 1919 à 1931.
La séparation tumultueuse d'Yvonne et de Sacha fournit du travail aux avocats et de la copie à la presse ! Un échange cinglant marque les esprits :

– Sur votre tombe, Yvonne, on écrira : « Enfin froide » !
– Vous, Sacha, je ferai écrire sur la vôtre : « Enfin raide ! »

Décollement de rétine, et non de routine

Ce n'était évidemment pas un personnage de routine, ce Wiley Post, aviateur américain (1898-1935), qui, borgne, établit le 22 juillet 1933 le record du tour du monde en solitaire, sans escale, en 7 jours 18 heures et 49 minutes, assisté d'un pilote automatique. Son avion était un Loockheed Vega 5B surnommé *Winnie Mae*, d'après le prénom de la fille du premier propriétaire.
Tout le monde se récria quand Post annonça qu'il voulait voler en solitaire (auparavant, il avait battu, en 1931, le record du tour du monde établi par le... dirigeable allemand *Graf Zeppelin* ; c'était déjà avec le *Winnie Mae*, mais avec un copilote). Imperturbable, l'étonnant Wiley Post répliqua :

« Ce n'est rien : je ne dormirai que d'un œil ! »

Ces entractes qui remplissent les lavabos et vident les baignoires…

Louis Jouvet était à la caisse de son théâtre quand un couple âgé s'approcha de lui et lui demanda :

– Vous ne faites rien pour les petits vieux ?
– Si, si ! On les réveille à l'entracte !

répondit imperturbablement l'acteur pince-sans-rire.

Un ennemi de la guillotine

George Bernard Shaw (1856-1950), le grand auteur et humoriste irlandais, accueillait un ami dans son bureau. Ce dernier remarqua, constatant l'absence de fleurs dans des vases :

– Shaw, vous n'avez donc pas de fleurs dans votre maison ? Vous ne les aimez pas ?

– Si, répliqua l'écrivain, je les aime même assez. J'aime aussi les enfants, mais je ne leur coupe pas la tête ni ne les plonge dans l'eau.

Qu'avez-vous à déclarer…

Bernard Frank ?

« La gloire est une censure. »

« La tristesse est une bonne chose. C'est comme si elle prenait en charge vos soucis. »

« On écrit souvent son premier livre comme un testament, pour dire que quelque chose n'allait pas et que l'on n'était cependant pas coupable. »

Mort de rire !

Misanthrope, Paul Léautaud (1872-1956) répliqua, à une jeune étudiante en médecine qui s'attristait de voir tant de gens mourir à l'hôpital :

« Ça nous console de tous ceux qu'on voit vivre ! »

L'art de botter en touche

Jules Cambon (1845-1935) fut un haut fonctionnaire de la IIIe République (notamment gouverneur général de l'Algérie) et ambassadeur (à Washington, à Madrid, à Berlin). Représentant de la France, il se devait de se montrer très réservé, à l'étranger en tout cas, sur les questions intérieures.

Alors que l'affaire Dreyfus coupait la France en deux, une toute jeune fille – la fille de la maison –, dans une ambassade à Washington, interrogea Cambon avec ingénuité :

– Monsieur l'ambassadeur, dites-moi si vous êtes dreyfusard ou antidreyfusard ?

Habitué à se maîtriser et à répondre à côté, à pratiquer la langue de bois, voire de béton, le diplomate repartit :

– Merci, mademoiselle, ni thé ni café.

« Tu te barres, ô maître ? »

Les hommes politiques prêts à endosser la responsabilité de malheurs survenus à leur pays ne sont pas légion, quels que soient le pays, le régime ou la période historique. Ainsi en fut-il en France après 1940... Sans crainte du ridicule, certains rendirent ainsi responsable de la défaite le cinéaste Marcel Carné : son glauque *Quai des brumes*, d'après le roman de Pierre Mac Orlan, n'avait-il pas démoralisé, déprimé, désespéré le pays, en concluant à l'impuissance humaine face aux coups du sort ?
Le « môme », comme l'appelait Jean Gabin – qui avait imposé le tournage du film –, répliqua :

« On ne rend pas le baromètre responsable de l'orage, et la fonction de l'artiste est de se faire le baromètre du temps qu'il fait. »

Mission impossible…

Le sieur Mariéton fut un bègue connu… Se prenant le bec avec un autre joueur dans une salle de jeu, il adressa à celui-ci :

– Monsieur, vous êtes un malotru !

– Un malotru ! Retirez immédiatement ce mot !

– Ah non ! J'ai eu trop de mal à le dire !

Belle pirouette !

Paul Reynaud succéda à Édouard Daladier comme président du Conseil, en mars 1940. À ce titre, il soutint l'expédition franco-anglaise à Narvik (Norvège), en avril-mai, destinée à empêcher les Allemands de s'emparer des minerais de fer suédois qui transitaient par ce port. Reynaud, péremptoire, salua avec emphase ce succès… partiel et très provisoire :

– La route du fer est définitivement coupée !

Hélas, face à l'avancée desAllemands à travers la Belgique, le corps expéditionnaire était vite rapatrié en catastrophe, et la « route du fer » abandonnée. Mais, alors qu'un élu réputé pour sacrifier à Bacchus se moquait de son propos devenu grotesque, Reynaud eut la présence d'esprit de lui retourner :

– En tout cas, la route du zinc, elle, manifestement, n'est pas coupée !

Si la photo est bonne…

Grande comédienne d'origine roumaine, Elvire Popesco brilla sur les planches et au cinéma, où son accent ajoutait à son charme. Elle joua jusqu'à un âge avancé.

Revenant à Paris après une tournée, elle passait à la douane et présentait son passeport au fonctionnaire… Celui-ci considéra la photo, puis dévisagea l'actrice, et dit d'un ton dubitatif, semble-t-il :

– C'est vous ?

Se tournant vers un camarade acteur, la comédienne lança :

– Tu vois ce que j'avais dit : les tournées, ça fatigue !

L'actrice n'avait peut-être pas renouvelé récemment sa photo !…

Le ministre a plus d'un… tour dans son sac !

Interrompu par la Première Guerre mondiale, le Tour de France cycliste (créé en 1903) ne fut pas non plus disputé durant le second conflit mondial… À la Libération, une âpre bataille… politique s'engagea, car le Tour se trouvait placé sous séquestre par l'administration des Domaines (Henri Desgrange était mort en 1940, et le propriétaire de la course, le journal *L'Auto*, qui avait continué de paraître pendant la guerre, était interdit). Après presque deux ans de conflits, la « Grande Boucle » fut confiée à *L'Équipe* et au *Parisien libéré*. Le Tour devait reprendre en 1947 ! C'est alors que les services du ministère de la Production industrielle refusent de débloquer le gas-oil et l'essence nécessaires aux voitures du Tour. Les organisateurs décident de solliciter directement le ministre, à savoir Paul Ramadier (qui sera plus tard président du Conseil et plusieurs fois encore ministre : c'est l'homme à la barbichette, inventeur de la « vignette pour les vieux »... qui n'en virent jamais la couleur).

Le politicien réagit vivement :

– Comment !? Mais, le Tour de France, c'est un mois de tranquillité politique et sociale pour le gouvernement !

Les 120 000 litres d'essence et les 30 000 litres de gas-oil furent livrés dare-dare.

Il n'était pas manchot, ce sacré pingouin !

Pierre(-Louis) Bourgouin, né à Cherchell (Algérie) en 1907, était une personnalité hors du commun. Instituteur, chasseur de fauves, il rejoint dès les premières heures les Forces françaises libres. Il perd un bras dans les combats en Afrique du Nord, alors qu'il est devenu officier parachutiste, spécialiste des « coups » à la tête de commandos.
Arrivé en Grande-Bretagne, celui que tout le monde appelle avec respect « le Manchot » est placé à la tête du 2e régiment de chasseurs parachutistes, et sautera avec ses hommes sur le Morbihan, pour regrouper les maquisards de la région (maquis de Saint-Marcel). Il se couvrira de gloire, avec ses unités, jusqu'à la fin de la guerre. Il sera plus tard député gaulliste.
Pierre Bourgouin est décédé en 1970.
Confier une unité parachutiste à un manchot, pour

des opérations très importantes, pouvait inquiéter. C'est ce que fit un officier, qui s'attira les foudres de son interlocuteur :

« Oui, je suis manchot, mais sous d'autres rapports je suis comme tout le monde !... "Duas habet, et bene pendentes !" »

Est-il besoin de traduire la formule latine, qui se référait à l'histoire de la papauté ? : « Il en a deux, et bien accrochées. »

Qu'avez-vous à déclarer...

Pierre Desproges ?

« L'intelligence, c'est le seul outil qui permet à l'homme de mesurer l'étendue de son malheur. »

« Dieu est peut-être éternel, mais pas autant que la connerie humaine. »

« L'enfant croit au Père Noël ; l'adulte, non. L'adulte ne croit pas au Père Noël, il... vote. »

Un personnage haut en couleur(s) !

Dialogue véridique au tribunal :

– Mon client n'a jamais été condamné !

– Je vois pourtant, dans le dossier, qu'il a eu cinq condamnations !

réplique le président.

Alors, rapporte Me Vincent de Moro-Giafferi, l'avocat du prévenu ne se démonte pas et rétorque à son tour :

– Certes, mais il a fait la guerre ! Et un peu de son sang rouge a giclé sur son casier judiciaire noir et en fait une page blanche !

Kir y est, et Élie sonne !

Le chanoine Félix Kir fut une des personnalités les plus truculentes du Palais-Bourbon, sous la IVᵉ République. Maire de Dijon, il raffolait du blanc-cassis inventé au début du XXᵉ siècle par un garçon de café de sa bonne ville. Aussi décida-t-il un jour de donner son nom à cet apéritif, et le *kir* (pluriel : des *kirs*) fit son apparition dans les dictionnaires. Cet homme à complies sortit un argument massue à un interlocuteur qui, tel saint Thomas, déclarait ne pouvoir croire qu'à ce qu'il voyait :

« Vous n'avez jamais vu mon cul... et pourtant il existe ! »

Sans doute rendu tout ébaubi, le contradicteur demeura coi. Avec un peu d'à-propos, il aurait pu rétorquer : « Chanoine, arrêtez de faire l'épître ! »

Le spécialiste de la mise en tropes

Paul Léautaud avait la dent dure, et les femmes en faisaient souvent les frais : n'a-t-il pas écrit, dans ses *Aphorismes sur l'amour* :

« Celui qui ne comprend pas qu'on puisse étrangler une femme ne connaît pas les femmes » ?

Lors d'un dîner chez Florence Gould, la conversation vint sur une femme âgée, mais qui portait encore beau, disait-on. Un des convives assura :

– Je la connais depuis vingt ans. Elle n'a absolument pas changé !

Léautaud, hilare (ça lui arrivait, et son rire était homérique), commenta :

– Ça devait tout de même lui nuire quand elle était jeune…

Le seul, l'unique…

George Bernard Shaw fut interrogé un jour ainsi :

– À quelle époque auriez-vous aimé vivre ?

– Sous le premier Empire : à cette époque, un seul homme se prenait pour Napoléon.

Sauvez les cadres !

On attribue à plusieurs individus le mot spirituel suivant... Dans le doute, donnons-le au bon Tristan Bernard :

– Si un incendie éclatait au musée du Louvre et si vous ne pouviez sauver qu'un des tableaux, lequel emporteriez-vous ?

– Celui qui est le plus près de la sortie !

« Satan bouche un coin, hein ! »

Le cardinal américain Spellman (1889-1967), archevêque de New York, qui fut une personnalité religieuse bien connue, accueillait un jour un évêque européen. Il lui fit visiter la ville, et les deux hommes se retrouvèrent sur les bords de l'Océan. À ce moment, longeant le rivage, passe, à portée de voix, une superbe créature faisant du ski nautique. L'accorte jeune femme, pleine d'alacrité, les salua d'un joyeux « Hello ! »... auquel le cardinal répondit par un second « Hello ! » non moins cordial.

Fort étonné, le visiteur questionna son hôte :

– Mais... vous la connaissez ?!

– Bien sûr, c'est la supérieure du couvent d'à côté !

répliqua ce farceur d'archevêque.

Des propos tout feu tout femme

~

– Cela vous gênerait-il que je fume ?

demanda George Bernard Shaw à Sarah Bernhardt. La comédienne rétorqua :

– Cela ne me dérangerait même pas que vous brûliez...

Toujours plein d'en… train, le chanoine !

Félix Kir, le fameux chanoine, roulait les « r », en vrai Bourguignon. Cet accent lui valut un jour l'ironie de trois jeunes gens installés dans le même compartiment du train qui menait à Paris :

– Alors, monsieur le chanoine, on va à « Parrris », avec trois « r » ?!

– Non, avec trois ânes !

« Elle en hiver, lui au printemps… »

La comédienne Jeanne Marnac, qui eut son heure de gloire sur les scènes parisiennes et un peu au cinéma, épousa un milliardaire qui devait la laisser veuve et très aisée… Un jour, Tristan Bernard, qui se promenait dans Deauville avec un ami, croisa la veuve joyeuse en compagnie d'un jeune homme couvert de bagues et de bijoux, un Sud-Américain, semblait-il.

– C'est mon printemps !

déclara l'actrice, en présentant son compagnon à Tristan… Alors que celui-ci avait repris sa balade, il ne put s'empêcher de faire, deux minutes plus tard, un drolissime jeu de mots, en commentant :

– En tout cas… ce n'est pas son « Bon Marché » !

Un trait d'esprit qui aurait pu faire rire toute la galerie… Lafayette.

Un argument « Massu »

Héros de la Seconde Guerre mondiale – combattant gaulliste de la première heure au sein de la petite colonne formée par le futur maréchal Leclerc, puis de la 2e DB du même, dont il fut un proche –, Jacques Massu n'était certes pas un politicien retors, mais un militaire tout d'un bloc, patriote convaincu, habitué à obéir, et pour qui une parole d'honneur donnée n'était pas un propos en l'air. La suite de sa carrière est connue... Ce contexte explicite l'échange suivant où, à de Gaulle l'interrogeant ainsi :

– Alors, Massu, toujours aussi con ?

l'arrière-petit-neveu du maréchal Ney répondit :

– Toujours gaulliste, mon général !

Qu'avez-vous à déclarer…

Jacques Martin ?

« Regardez Jésus : il prenait des mots simples, et quand ça se compliquait il faisait des paraboles… C'est ça, un bon animateur télé. »

« La corrida, ce sont les abattoirs de La Villette dans les costumes du Châtelet. »

« Je suis un homme de télévision, je la fais, et je sais que le meilleur moyen d'éteindre la lecture, de tuer toute curiosité, d'abandonner ses projets de voyages et de refuser de sortir le soir, c'est d'allumer cette saloperie. »

De… gaule

Profitant de l'entracte, dans un théâtre, le général de Gaulle et Georges Pompidou se retrouvèrent côte à côte, paraît-il, pour satisfaire un besoin naturel. Voisinage toujours quelque peu gênant, aussi, histoire de parler, Pompidou dit à de Gaulle, faisant allusion au spectacle auquel ils assistaient :

– Belle pièce, mon général !

– Je vous en prie, Pompidou, regardez devant vous !

Souvent rapportée, cette anecdote est-elle avérée ?… De Gaulle n'étant pas dénué d'humour, « sa » réplique est donc possible, plausible.

Une remarque empreinte d'ironie

Ministre des Finances sous la présidence du général de Gaulle, Valéry Giscard d'Estaing le fut aussi sous celle de Pompidou.

La famille Giscard, dans les années 1922 et 1923, avait « relevé » le noble patronyme des d'Estaing, éteint faute de descendance. Les Giscard appuyèrent leur requête en invoquant une aïeule, Laure-Madeleine d'Estaing, comtesse de la Tour-Fondue. Le Conseil d'État avalisa la demande.

Vraie ou apocryphe, on rapporte cette saillie pince-sans-rire du Général quand Giscard voulut que son nom (n'y avait-il pas le précédent de l'« emprunt Pinay » ?) soit donné à l'emprunt qu'il allait mettre en œuvre :

« Vous avez raison, Giscard, cela fera un joli nom d'emprunt… »

L'ultime rendez-vous...

Alors que l'assistance se séparait et échangeait des politesses, après avoir assisté aux obsèques du prolifique compositeur de chansons et d'opérettes Vincent Scotto, Yves Mirande déclara :

« C'est la dernière fois que je viens ici en amateur. »

À tel père, pas tel fils !

George Bernard Shaw, quoique brillant écrivain, n'était – aux yeux d'un snob qui l'interpellait – que le fils d'un simple minotier :

– Ainsi, c'est vous, le fameux humoriste !? Mais votre père n'était-il pas un simple meunier ?

– C'est vrai. La destinée a de ces caprices !... Tenez, vous-même, votre père n'était-il pas un gentleman ?

– Évidemment !

– Vous voyez bien !

Le général avait maille(s) à partir…

Si les femmes doivent au Gouvernement provisoire de la République française, donc au général de Gaulle, le droit de voter (1944-1945), il faut savoir que notre « deux-étoiles » eut aussi parfois des propos quelque peu machistes…

Ainsi, quand l'on évoqua devant lui, beaucoup plus tard, l'hypothèse de la création d'un ministère (ou secrétariat d'État) des Droits de la femme ou de la Condition féminine, qu'il ressentait comme inutile, il s'exclama :

« Et pourquoi pas un ministère du Tricot !? »

« Petit(s) » prétentieux !

Un interlocuteur dit un jour au général de Gaulle :

– Mon général, je suis plus grand que vous !

Ce qui lui attira la réponse suivante, humoristique ou pas :

– Vous n'êtes pas plus grand. Vous êtes plus long…

L'invité fait son… coquet !

James de Coquet, célèbre journaliste et chroniqueur mondain – et cultivé – du *Figaro*, fut, à l'issue d'un dîner, interpellé par un des convives – un homme très riche – qui lui proposa de le « rapprocher » de chez lui. L'expression est toujours usuelle, certes : faute de pouvoir, ou de vouloir, reconduire une personne jusqu'à sa porte, on propose de la déposer en un endroit plus central, près d'une station de taxis, par exemple, ou d'une station de métro si celui-ci est encore en activité…
James de Coquet, soit qu'il estimât qu'on pouvait bien le reconduire chez lui, soit qu'il se moquât de l'emploi de « rapprocher », répliqua :

« J'habite 22, rue de Varenne. Mettez-moi au 24 ! Ça ira très bien. »

Ogres, passez votre chemin !

Le même James de Coquet était l'un des convives d'un dîner donné en l'ambassade de France en Inde, à New Delhi... L'ambassadeur, était-ce par habileté diplomatique ou par pingrerie, ou bien encore parce que son budget « festivités » était réduit, fit servir un menu... menu. Le reporter reçut l'explication, fort honorable : l'ambassadeur lui démontra que, dans un pays où des millions de personnes mouraient de faim, il eût été indécent de festoyer à l'excès et qu'il fallait savoir donner l'exemple de la frugalité. De Coquet commenta :

« Je vois... En somme, le couvert de Gandhi est toujours mis chez vous... »

Une réponse où l'on croit déceler une pointe de regret de la part d'un chroniqueur gourmet...

Mitterrand… tan plan

François Mitterrand faisait partie des hommes d'État cultivés et aussi des « animaux à sang froid ».
Deux raisons au moins pour qu'il sache maîtriser ses réactions en toute circonstance.
Le « Florentin » répliqua ainsi fort calmement à un :

– Mitterrand, fous le camp !

peu amène par un commentaire littéraire :

– Oui, cela rime, mais la rime est bien pauvre…

« Moi, j'aime pas… » (Schtroumpf grognon)

Bernard Blier, à la question :

– Avez-vous beaucoup d'ennemis ?

répliqua, comme une évidence :

– Oui, comme tous les gens qui n'aiment pas les cons.

Pour être plus plausible, les propos auraient dû être complétés par : « … et qui ne le cachent pas ».

Qu'avez-vous à déclarer…

Coluche ?

« À part gangster ou homme politique, des choses qui se font sans qualification, y a quasiment qu'artiste ! »

« Les technocrates, si on leur vendait le Sahara, dans cinq ans il faudrait qu'ils achètent du sable ailleurs. »

« De tous ceux qui n'ont rien à dire, les plus agréables sont ceux qui se taisent. »

« Élémentaire, ma chère Jeanne ! »

– Quel est le point commun entre tous les hommes que vous avez aimés ?

demanda-t-on à Jeanne Moreau.
Confirmant qu'elle est loin d'être la plus sotte des comédiennes, l'interprète d'*Eva* répondit immédiatement :

– Moi.

Sportif en… Chambre

Raymond Barre, qui fut notamment Premier ministre et maire de Lyon, avait tendance à s'assoupir sur son siège quand il était député (sans doute moins quand il était au banc des ministres)…

André Santini, à la carrière politique bien remplie lui aussi et célèbre pour ses jeux de mots, eut un jour ce commentaire sur Barre :

– Quand je le vois à l'Assemblée nationale en train de se tourner les pouces, je me dis : « Tiens, il fait son jogging ! »

Toujours très en verve, le maire d'Issy-les-Moulineaux fit un autre bon mot sur le même sujet :

– Barre, c'est mon compagnon de… Chambre : il dort à côté de moi à l'Assemblée !

Moi, calife ; toi, vizir !

Le débat télévisé tendu du 28 avril 1988, entre François Mitterrand, président de la République sortant, et son challenger Jacques Chirac, Premier ministre, pour le second tour de l'élection présidentielle, fut suivi par plusieurs millions de téléspectateurs. L'échange le plus remarqué fut à l'avantage du sortant. Alors que Chirac venait de dire :

– Ce soir, je ne suis pas le Premier ministre, et vous n'êtes pas le président de la République, nous sommes deux candidats à égalité. [...] Vous me permettrez donc de vous appeler « monsieur Mitterrand ».

Mitterrand repartit avec ironie :

– Mais vous avez tout à fait raison... monsieur le Premier ministre.

Le président n'est pas un extralucide !

– Est-il exact que Boris Eltsine n'est lucide que deux heures par jour ?
– Oui… mais pas tous les jours !

répondit Gorbatchev.

« Cigarettes, whisky et p'tites pépées... »

Serge Gainsbourg se préoccupait, pour une fois, de sa santé, aussi demanda-t-il à un « grand médecin » selon son expression :

– Si je ne bois pas, si je ne fume pas, si je ne baise pas, est-ce que je vivrai plus longtemps ?

– Ce n'est pas certain. Mais le temps vous paraîtra bien long...

Gainsbourg ajoutait en commentaire, lorsqu'il mentionnait ce dialogue :

– J'ai déjà perdu deux cardiologues. Et je continue à fumer...

Un… débauché, alors ?

Bertrand Blier puise de façon quasiment constante dans le trivial pour concocter les dialogues de ses films, voire pour répondre aux interviews. Peut-être croit-il être « anar » en recourant à la vulgarité systématique !… Parfois, ses répliques ont plus de finesse :

– Pourquoi y a-t-il eu tant de temps entre votre premier film (1962) et le deuxième (1967) ?

– Ben, j'étais chômeur, mon pote !

– Mais… il n'y en avait pas, à l'époque !

– … J'étais un mec d'avant-garde !

« Qui n'a pas sa médaille ?... »

L'écrivain Bernard Clavel refusa en 1997 que lui fût attribuée la Légion d'honneur. Faisant allusion à un oncle, Charles Clavel, qui, lui, l'avait obtenue au titre de ses blessures en 1914-1918, l'auteur à succès affirma :

– Je pense qu'il se retournerait dans sa tombe si je portais le même ruban que lui.

Autre personne bien connue ayant refusé fermement le « ruban » : Mme Geneviève de Fontenay (la présidente du Comité Miss France), qui à juste raison déclara :

– C'est vraiment désacraliser le ruban que le distribuer à n'importe qui... comme des médailles en chocolat.

Assurance à vie !

Alors qu'on lui parlait des compétences de Raymond Barre, l'influent industriel Ambroise Roux (1921-1999) rétorqua :

« Il est tellement sûr de lui qu'il ne supporte même pas l'approbation ! »

De l'amour ou de l'orage ?

L'animateur et comédien Gérard Klein parvint à clouer le bec quelques secondes à la journaliste et animatrice de radio Anne Gaillard, une femme que sa véhémence avait fait surnommer « Anne Braillard ». Pour être juste, il faut souligner qu'Anne Gaillard défendait mordicus les droits des consommateurs face à bien des abus dont le grand public, les citoyens étaient (sont toujours) les victimes... Forcée de hausser le ton face à des représentants parfois impudents de grandes sociétés, elle commit des excès, ce qui finit par lui faire perdre quelques procès... et lassa même des personnes qui lui étaient favorables.
Un jour, pour démontrer qu'elle était une

femme normale, et non une virago insupportable rejetée par tout le monde, elle lâcha :

– Vous savez, je suis mariée !

– Contre qui ?

lança alors, sarcastique, celui qui ne jouait pas encore l'instituteur dans les feuilletons télévisés.

Qu'avez-vous à déclarer…

Jacques Dutronc ?

« Je suis pour l'augmentation du goût de la vie ! »

– Comment avez-vous fait pour
être accepté par les Corses ?
– Je n'ai rien fait, justement !

– Croyez-vous en Dieu ?
– Je préférerais que ce soit
lui qui croie en moi…

« Des prises de position, je n'en ai pas
vraiment. Ma position est souvent couchée. »

XXIe siècle

Jacquot l'Enchanté...

Jacques Chirac, alors qu'il était chef de l'État, effectuait une séance de bain de foule – exercice qu'il maîtrisait à merveille, serrant les mains par centaines (on l'avait surnommé, pour cette raison, « Serre-la-louche ») et embrassant enfants et personnes âgées. Un homme l'interpella en l'appelant :

– Connard !

(Plusieurs versions ont circulé, mais il semble bien que ce fût là le terme utilisé).

Maîtrisant ses nerfs et son vocabulaire, le politicien chevronné arbora son plus beau sourire, et répondit à l'interlocuteur grossier :

– Enchanté. Moi, c'est Chirac !

Cette façon de répondre à un tel type d'apostrophe figurait déjà dans des textes... Mais Jacques Chirac a pu répondre de chic, sans se référer à des précédents.

Question de niveau…

Faut-il répondre à un propos non grossier, mais peu aimable, par une réplique plus « virile », plus grossière, histoire de montrer qu'on « en a », qu'on est un homme ?
Ce fut l'argumentation – contestable – servie tous azimuts par le clan sarkozyste après l'affaire du Salon de l'agriculture, en 2008. Comme tous les politiques avides de popularité, Nicolas Sarkozy se précipite dans la foule pour serrer les mains… Peut-être sans trop se poser la question de savoir si les visiteurs qui sont sur son passage ont envie d'échanger avec lui une poignée de main… Et c'est le cas avec un homme, qui lui dit :

– Me touche pas, tu me salis !

(ou quelque chose d'approchant, les témoignages divergent quelque peu…). Moins maître de ses nerfs qu'un de Gaulle, qu'un Mitterrand ou qu'un Chirac, le chef de l'État réplique :

– Casse-toi, pauvre con !

… propos enregistré par des journalistes et qui suscita bien des commentaires !

« Vive le son du canon ! »

Lors du déplacement à Beyrouth (Liban) qui associa curieusement début juin 2008 – à l'occasion de l'élection du nouveau président libanais, le général Michel Sleimane – Nicolas Sarkozy et les leaders des différents partis représentés à l'Assemblée nationale, un bref échange drolatique, rapporté par des journalistes, eut lieu entre François Hollande et Bernard Kouchner.

Le second, « traître » au Parti socialiste, puisque l'ayant abandonné pour devenir le ministre des Affaires étrangères du gouvernement de François Fillon, envoya un missile goguenard au secrétaire général du PS, François Hollande. Celui-ci ayant sursauté quand retentit un coup de « canon » (c'était le premier des vingt et un coups protocolaires saluant l'arrivée du président de la République française), le titulaire du Quai d'Orsay, sarcastique, lui dit :

– Ne t'en fais pas, ce n'est pas la guerre !

Piqué par le lazzi, François Hollande retourna un quolibet :

– Je ne m'en fais pas ! Si c'était la guerre, tu ne serais pas là !

Ils n'iront pas ensemble à la buvette (de l'Assemblée)

Débat au Palais-Bourbon : Bernard Accoyer, président (UMP) de l'Assemblée nationale, énervé par l'attitude de Jean-Christophe Lagarde, député-maire de Drancy (Seine-Saint-Denis), invite ironiquement ce dernier à plus de modestie :

– Ne faites pas de complexe d'infériorité, monsieur Lagarde, vous ne nous y avez pas habitués !

– Rassurez-vous, monsieur le président : lorsque vous présidez, je n'ai aucun complexe !

Vol de jour, vol de nuit…

Victime d'un nouveau cambriolage à son domicile personnel, fin juin 2008, Ségolène Royal, candidate du Parti socialiste à l'élection présidentielle de 2007, met en cause le « clan Sarkozy ». Voulant peut-être, ou sans doute, dire par là que le climat politique intérieur peut inciter certaines officines ou certains individus – Pieds Nickelés ou non – à se croire tout permis. Les « petites phrases » ont immédiatement fusé du côté du pouvoir pour fustiger Mme Royal et ses accusations. Parmi les piques plus ou moins empoisonnées, retenons celle de Mme Chantal Brunel, porte-parole de l'UMP :

« Il y a une chose qu'on ne peut pas voler chez elle, c'est son programme, car elle n'en a pas. »

Qu'avez-vous à déclarer…

Jamel Debbouze ?

« T'as aucune chance, petit… alors, saisis-là ! »

« La France, je l'aime et je la quitte… seulement pour partir en vacances. »

« Chez moi, l'homme que je respecte le plus, c'est ma mère. »

« Un électeur du Front national, c'est juste un communiste qui s'est fait cambrioler deux fois ! »

Index

Accoyer (Bernard) 212
Aiguillon (duc d') 46
Alexandre Ier 68
Allais (Alphonse) 92, 94-95, 102
Allard (Marie) 54
Amundsen (Roald) 136, 137
Arnould (Sophie) 32, 39, 43, 45, 50, 52, 54, 56
Aubermont de Nerville (Mme) 90
Augier (Émile) 96

Bailly (Jean-Sylvain) 57
Balincourt (marquis de)
Balsamo (Joseph) 44
Balzac (Honoré de) 77
Baour-Lormian (Pierre) 75
Barbey d'Aurevilly (Jules) 115
Barre (Raymond) 195, 201
Barry (Mme du) 36

Bassompierre (François de, maréchal) 15
Beauharnais (Joséphine de) 70
Becque (Henry) 85
Bellegarde (M. de) 11
Bernard (Tristan) 99, 112, 114, 116, 134, 143, 174, 178
Bernhardt (Sarah) 108, 109, 176
Bibesco (Marthe Lucie Lehovary, princesse de) 150
Bièvre (marquis de) 51
Blier (Bernard) 191
Blier (Bertrand) 199
Boileau (Nicolas) 24
Bonnemains (Mme de) 100
Bouillon (duc de) 20
Boulanger (général) 100, 101
Bourbousson (Théophile-Eugène) 82
Bourgouin (Pierre[-Louis]) 166-167
Brancovan (Anna, Anna de Noailles) 150
Brunel (Chantal) 213

Cadoudal (Georges) 65
Calonne (Charles Alexandre de) 55
Cambon (Jules) 159
Capus (Alfred) 104, 110, 134

Carné (Marcel) 160
Carnot (Lazare) 74
Carrel (Armand) 73
Cassaigne (commandant) 84
Chamfort (Nicolas) 37, 47
Chaplin (Charlie, « Charlot ») 132
Chartres (duc de) 54
Chateaubriand (François-René de) 76, 150
Chevreul (Eugène) 83
Chirac (Jacques) 196, 208, 209
Chirac (Pierre) 30
Churchill (Winston) 148
Claudel (Paul) 7
Clavel (Bernard) 200
Clavel (Charles) 200
Clemenceau (Georges) 100, 126, 129, 135
Cocteau (Jean) 133
Colette (Sidonie Gabrielle) 102, 141
Coluche (Michel Colucci) 192-193
Coolus (Romain) 112
Coquet (James de) 188, 189
Corvisart (Jean) 70
Courteline (Georges) 105

Cousin (Victor) 88
Crécy de Longueval (Mme de) 17, 18

Daix (André) 116
Daladier (Édouard) 162
Dantzig (duc de) 66
Debbouze (Jamel) 214-215
Desgrange (Henri) 164
Desproges (Pierre) 85, 168-169
Diderot (Denis) 60
Donnet (Ferdinand François Auguste, cardinal) 86
du Caylar de Saint-Bonnet (Jean) 14
Dumas fils (Alexandre) 44, 87
Dupuy (Charles) 146
Dutronc (Jacques) 204-205
Eltsine (Boris) 197
Enghien (duc d') 75
Estaing (Laure-Madeleine d') 183
Estrées (Gabrielle d') 11

Faillet (Georges-Eugène) 127
Faure (Félix), 32
Feydeau (Georges) 99, 107

Fillon (François) 210
Foch (Ferdinand, maréchal) 122
Fontenay (Geneviève de) 200
Fontenelle (Bernard Le Bovier de) 25
Forain (Jean-Louis) 89, 103
Fouché (Joseph) 74
France (Anatole) 140
François Ier d'Autriche 70
Frank (Bernard) 156-157
French (Lord, maréchal) 126
Fresnay (Pierre) 152

Gabin (Jean) 160
Gaillard (Anne) 202-203
Gainsbourg (Serge) 198
Gandhi (Mohandas Karamchand) 189
Gaulle (Charles de) 179, 182, 183, 186, 187, 209
Girardin (Mme de) 80
Giscard d'Estaing (Valéry) 183
Gorbatchev (Mikhaïl) 197
Gould (Florence) 172
Guéménée (prince de) 54
Guilbert (Yvette) 113

Guitry (Lucien) 130, 131, 144-145, 149
Guitry (Sacha) 130, 145, 152
Guitry (Jean) 130, 131

Halévy (Ludovic) 90
Hardouin Mansart (Jules) 20
Henri Ier de Guise 15
Henri II (duc de Montmorency) 12, 13
Henri IV 10, 11, 12, 15
Herriot (Édouard) 147
Heynel (Mlle) 31
Hollande (François) 210-211
Hubscher (Catherine) (voir Lefebvre, Mme Sans-Gêne) 66, 67, 71
Hugo (Victor) 82

Ibels (Henri Gabriel) 117

Janson (Toussaint Forbin-) 24
Jarry (Alfred) 98, 106
Jourgniac de Saint-Médard 58, 59
Jouvenel (Henri de) 141
Jouvet (Louis) 154

Kir (Félix, chanoine) 171, 177
Klein (Gérard) 202-203
Kouchner (Bernard) 210-211

La Chalotais (Louis René de Caradeuc de) 46
La Fayette (Mme de) 17
Lagarde (Jean-Christophe) 212
Lajeunesse (Ernest) 105
La Martellière (Pierre de) 17
Lamartine (Germain Pichault de) 80
La Martinière 34
Léautaud (Paul) 127,158, 172
Leblanc (Léonide)
Leclerc (Philippe de Hauteclocque, maréchal) 179
Lefebvre (maréchale) (voir Mme Sans-Gêne)
Lemoinne (John) 96
Lenclos (Ninon de) 19
Lenoir 54
Lloyd George (David) 129
Lorrain (Jean) 89
Louis XIII 13, 15
Louis XIV 16, 20, 21
Louis XV 30, 34, 36

Louis XVI 58, 65
Louis XVIII 69, 74
Louise Marguerite de Lorraine 15
Louis-Philippe Ier 78

Mac Orlan (Pierre) 160
« Madame Sans-Gêne » (voir Hubscher) 66, 71
Manneville 15
Marie-Antoinette 57
Marie-Louise d'Autriche 70, 75
Marieton (Paul) 161
Marnac (Jeanne) 178
Martin (Jacques) 180-181
Massu (Jacques) 179
Maury (abbé Jean Sifrein) 40, 41
Mazarin (Jules, cardinal) 54
Meilhac (Henri) 90, 91
Ménage (Gilles) 17, 18
Metternich (Klemens Wenzel von) 70
Metternich (Pauline de) 97
Meyer (Arthur) 116
Mignard (Pierre) 16
Mirabeau (Honoré Gabriel Riqueti) 40, 53

Mirande (Yves) 184
Miré (Magdeleine), 32
Mitterrand (François) 190, 196, 209
Molière (Jean-Baptiste Poquelin), 43
Monnier (Henri) 72, 81
Montmorency (Henri II, duc de)
Moreau (Émile) 66
Moreau (Jeanne) 194
Moreno (Marguerite) 118, 133
Morny (Charles de, duc) 79
Moro-Giafferi (Vincent de) 170
Mounet-Sully (Jean Sully Mounet) 133
Mugnier (Arthur, abbé) 93, 151

Napoléon 64, 65, 66, 67, 68, 69, 70, 74, 75, 129
Ney (Michel, maréchal) 179
Noailles (Louis de, duc), 36, 48

Offenbach (Jacques) 90
Orléans (Gaston d') 13
Oudinot (Nicolas Charles, maréchal) 68

Pélissier (maréchal) 84

Pétain (maréchal) 142
Picasso (Pablo Ruiz) 128
Piron (Alexis), 22, 49
Poiret (Jean) 138-139
Polignac (abbé de) 20
Poincaré (Raymond) 146
Poiret (Jean) 138, 139
Pompidou (Georges) 182, 183
Popesco (Elvire) 163
Pougy (Liane de)
Post (Wiley) 153
Praslin (duc de), 39
Printemps (Yvonne) 152

Racine (Jean)133
Ramadier (Paul) 164
Rapp (Jean, général) 64
Raucourt (Marie-Antoinette de Sancenotte de)
Renard (Jules) 92, 111, 112, 134, 151
Reynaud (Paul) 162
Richelieu (Armand Jean du Plessis de, cardinal) 12, 14, 15
Riquetti (Victor), 53
Rivarol (Antoine), 35

Robey (George) 119
Rony (marquis de) 10
Rothschild (baron de)
Rouillé du Coudray (Hilaire), 48
Roux (Ambroise) 201
Royal (Ségolène) 213

Sabatier (Antoine, abbé de Castres), 35
Santini (André) 195
Sardou (Victorien) 66
Sarkozy (Nicolas) 209, 210, 213
Saxe (Maurice de, maréchal) 33
Scholl (Aurélien) 88, 121
Scotto (Vincent) 184
Sedaine (Michel Jean), 50
Sévigné (Mme de) 17
Shakespeare (William) 102
Shaw (George Bernard) 155, 173, 176, 185
Sleimane (Michel) 210
Soult (Nicolas Jean-de-Dieu, maréchal) 78
Spellman (Francis Joseph, cardinal) 175

Tallemant des Réaux (Gédéon) 18

Talleyrand-Périgord (Charles Maurice de) 38, 69, 74, 76
Tell (Guillaume) 98
Thiers (Adolphe) 73, 78
Thuriot (Jacques-Alexis) 65
Toulouse-Lautrec (Henri de) 112, 117

Vauban (Sébastien Le Prestre, marquis de) 26, 27
Vaudémont (princesse de) 35
Vestris (Auguste) 54
Vestris (Gaëtan) 54
Viannet (Jean) 80
Voltaire (François Marie Arouet) 22, 42

Wilde (Oscar) 113, 120
Willy (Henry Gauthier-Villars) 102
Wilson (Woodrow) 129

Zamacoïs (Michel) 114

Du même auteur

Chez Albin Michel

Curiosités et énigmes de l'histoire de France

Chroniques et jeux des Dictées de Bernard Pivot

Devenez un champion en orthographe (collectif) (2 vol.)

Toute l'orthographe (avec Bénédicte Gaillard), Magnard/Dicos d'or

Toute la grammaire (avec Bénédicte Gaillard), Magnard/Dicos d'or

Toute la conjugaison (avec Bénédicte Gaillard), Magnard/Dicos d'or

L'Orthographe, trucs et astuces

L'Orthographe, c'est facile !

Étonnantes étymologies

La Majuscule, c'est capital !

À nous les petits bonheurs !
(textes accompagnant les dessins de Jacques Thomas)

Chez d'autres éditeurs :

Aïe, ail, aille ! Ma langue est malade !, L'Archipel

De l'âne au coq (avec Hélène Gest), L'Archipel, Marabout (poche)

Ma Bretagne, Jean Picollec

101 Jeux Logique (avec Hélène Gest), « Archipoche », L'Archipel
101 Jeux Langue française (avec Hélène Gest), « Archipoche », L'Archipel
101 Jeux Culture générale (avec Hélène Gest), « Archipoche », L'Archipel
Bien écrire et parler juste, Sélection du Reader's Digest
Le Nouveau Savoir écrire (avec André Jouette), éditions Solar
Difficultés du français, J'ai lu, « Librio Memo »
Accords parfaits, Victoires Éditions, « Métier journaliste »
Un point c'est tout, la ponctuation efficace !, Victoires Editions, « Métier journaliste »
Ce français qu'on malmène (avec P.-V. Berthier), Belin, « Le français retrouvé »
Le Français écorché (avec P.-V. Berthier), Belin, « Le français retrouvé »
Les Faux Amis (avec P.-V. Berthier), Hatier, « Profil formation »
Le Lexique [puis : *Dictionnaire*] *du français pratique* (avec P.-V. Berthier), Solar
Le Français pratique (avec P.-V. Berthier), Solar
La Correspondance privée, Solar
Testez vos connaissances en vocabulaire, Hatier, « Profil formation »
Testez vos connaissances en orthographe, Hatier, « Profil formation »
La Pratique du style (avec P.-V. Berthier), Duculot
Pièges du langage, 2 vol. (avec P.-V. Berthier), Duculot
Guide pratique des jeux littéraires, Duculot
La Ponctuation, art et finesse, Éole

Conception graphique et réalisation : Luc Doligez
Conception de la couverture : Anne Pelseneer

Impression CPI Bussière en octobre 2008
à Saint-Amand-Montrond (Cher)
Editions Albin Michel
22, rue Huyghens, 75014 Paris
www.albin-michel.fr

ISBN 978-2-226-18978-3
N° d'édition : 25842. – N° d'impression : 083241/1.
Dépôt légal : novembre 2008.
Imprimé en France.